Willigis: Der Alte aus Atlantis

Der Alte aus Atlantis

Schwer stampft das Schiff durch die aufgeregten Wogen des Karibischen Meeres. Sturm fegt daher und türmt die Wellenberge. Die Decks sind leer. Die Passagiere haben sich in ihre Kabinen zurückgezogen. Nur ein paar Trinkfeste sitzen im Gesellschaftsraum und versuchen das innere Unbehagen durch erhöhte Alkoholzufuhr zu überwinden.

Auf dem Ruhebett in seiner Kabine liegt Erik von Lichtenau, seinen Gedanken hingegeben. Die großen Augen in dem durchgeistigten Gesicht schauen ins Leere, ihr Blick ist nach innen gerichtet. Erik von Lichtenau ist der Abkömmling eines alten Geschlechtes, das durch Jahrhunderte seinen Stammsitz im Süden Deutschlands hatte.

Sein Vater bekleidete eine Hofcharge bei einem kleineren Bundesfürsten, und als nach dem verlorenen 1. Weltkrieg das Kaiserreich in Trümmer sank, war auch er seines Amtes verlustig gegangen. Diese schwere Erschütterung konnte der alte Hofmann nicht überwinden, und war wenige Jahre danach dem Tode erlegen. Auch die so sehr geliebte Mutter hatte Erik v. Lichtenau verloren. Sie war ihm alles gewesen. Nach außen die große Dame, die untadelig durch ihr Leben schritt, sich immer willig und mit seltener Beherrschung den vielfachen gesellschaftlichen Verpflichtungen unterzog, die des Gatten Stellung mit sich brachte, war sie in ihrem Innern ein Mensch gewesen, den das Rätselhafte, Unerforschte anzog. Wenn sie es nur irgendwie ermöglichen konnte, verbrachte sie die freie Zeit bei ihren Büchern.

Ihr besonderes Interesse galt dem Leben und der Kultur alter Völker, über deren Geschichte das Dunkel nur teilweise gelichtet war. Mit den Wissenschaftlern und Forschern, die durch ihre Werke zu ihr sprachen, rätselte sie an Geheimnissen, über die Jahrtausende schier undurchdringliches Dunkel gebreitet hatten. Ihre Fantasie entzündete sich immer wieder von neuem daran und sie sprach darüber gern mit ihrem Sohn.

Vor dem geistigen Auge Lichtenaus erstand ihr geliebtes Bild. Er sah sie wieder im runden Turmzimmer des alten burgartigen Schlosses. Der behagliche Raum diente als Bibliothekszimmer und ließ durch seine Fenster einen weiten Ausblick in die Landschaft zu.

Meistens, zur Dämmerzeit, wenn die Nachtschatten sich herniedersenkten, saß die Mutter in dem großen Ohrensessel. Den Blick in die Ferne gerichtet, begann sie zu erzählen und ließ Bilder aus den Reichen der Maya, der Inka und der Etrurier vor dem frühreifen Knaben entstehen, die sein Interesse aufs äußerste erregten. Diese stillen Plauderstunden wurden für den Knaben und später für den jungen Mann der Quell umfassenden Erkennens und Wissens, das diese gütige Seele über ihn ausschüttete.

Lange Zeit hatte sich seine wissensdurstige Mutter auch mit dem im Meere versunkenen Atlantis beschäftigt. Alle einschlägigen Bücher beschaffte man und Erik wurde der vertraute Kamerad, mit dem die Mutter das Für und Wider der Meinungen durchsprach.

So war frühzeitig in ihm gleicher Wissensdrang geweckt und weiter genährt worden. Als sie von ihm gegangen war, hatte er sich noch bewußter mit diesen Wissensgebieten befaßt. Der Wunsch, an Ort und Stelle Nachforschungen zu beginnen, faszinierte ihn immer stärker, und das Schicksal kam seinem Streben entgegen, indem es ihm die Wege ebnete.

Vor wenigen Jahren war ein Verwandter der Mutter, die aus einer holländischen Reedersfamilie stammte, gestorben und hatte die Mutter zu seiner Erbin eingesetzt.

Dadurch waren ihm die Mittel auf dem Erbwege in die Hand gegeben worden. So hatte es ihn nicht mehr in der Heimat und bei seinen Büchern gehalten. Er wollte selbst erforschen und erkennen, welche Wahrheit in all diesen Dingen steckte. Jahrelang war er schon unterwegs. Von Bremen war er über England nach Südamerika gereist. Er hatte die Ruinenstätten der Inkas durchforscht. Jedem Strich an den Wänden halbverfallener Tempel schenkte er Beachtung, aber bis jetzt konnte er nichts anderes sagen, als die Forscher vor ihm festgestellt hatten. Die Ruinen der Inkas offenbarten ihm nichts Neues. Nun hoffte er in Mexiko auf den Spuren der alten Maya Rätsel zu lösen, mit denen sich seine Phantasie beschäftigte.

Das Schlingern des Schiffskörpers scheint nachzulassen. Lichtenau greift nach einem neben ihm liegenden Notizbuch. Er blättert darin und wie jemand, der sich etwas in Erinnerung bringen will, liest er mit halblauter Stimme vor sich hin:

„. . . . Mayapan, bedeutendste Stadtsiedlung der alten Maya. Ruinenstätte 35 km südlich von Merido in Yukatan gelegen. Guterhaltene Stadtmauer, 18 m hoch und 30 m in der Basis. Deutung der Zeichen der Bilderhandschrift und der Inschriften auf vorgefundenen Steinmonumenten, trotz zusammengestellten Alphabetes, nur im sehr begrenzten Ausmaße gelungen. Lediglich die Hieroglyphen der Monate wurden bisher entziffert. . . ."

Lichtenau hält im Lesen inne, er versinkt wieder im Nachdenken. Merkwürdig, denkt er, auch die Schrift der Bevölkerung des frühen Etruriens, der Rasenäer, wie sie sich nannten, ist nicht zu enträtseln. Auch diese ein Volk, das mit einer hochstehenden Kultur plötzlich in das Licht der Geschichte tritt und dessen Herkunft unbekannt ist.

Sollte nicht hier ein Zusammenhang bestehen? Wenn es doch gelänge, das Geheimnis zu lüften.

Träumerisches Sinnen bemächtigt sich seiner, das Buch entgleitet seinen Händen. Bilder steigen vor ihm auf. Hochragende Sonnentempel — cyklopische Mauern umschließen Paläste von eigenartiger Architektur. Dann verschwimmt alles, löst sich gleichsam in Dunst auf.

Da dröhnt der große Schiffsgong, das Mittagsmahl ankündigend, und entreißt Lichtenau seinen Träumen.

Er steht auf, macht sich etwas zurecht, verläßt die Kabine und begibt sich in den Speisesaal. Lebhaftes Stimmengewirr umfängt ihn. Die Gäste haben schon fast alle ihre Plätze eingenommen. Lichtenau ist einer der Letzten. Er geht auf seinen Tisch zu, eine höflich-knappe Verbeugung vor seinen Tischnachbarn, dann widmet er sich ganz den Genüssen der Tafel, ohne von jenen Notiz zu nehmen.

„Warum ist der Senor so sehr schweigsam?", wird er plötzlich von seinem Gegenüber, einem jungen Mädchen von südländischer Schönheit, angesprochen.

Lichtenau sieht auf, er lächelt, dann antwortet er: „Verzeihen Sie, Senorita, aber ich denke", auf das Essen weisend, „erst einmal dem Magen das Seinige zu geben".

„Oh, so spricht kein Caballero", kommt es herausfordernd zurück.

„Möglich, Senorita, aber ich habe keinen Ehrgeiz in dieser Beziehung." Mit diesen Worten wendet sich Lichtenau wieder dem Essen zu. Unter halbgesenkten Lidern beobachtet er unmerklich das junge Mädchen.

Diese Senorita Juanita y Serestro ist zweifellos eine Schönheit mit ihrem ovalen, brünetten Gesicht, aus dem zwei dunkle Augen lebensfroh in die Welt schauen, stellt er erneut fest. Mit ihrem fast blauschwarzem Haar, das, in der Mitte geschei-

8

telt, das Gesicht umrahmt und hinten in einem Knoten zusammengefaßt ist, gleicht sie einem südländischen Madonnenbilde.

Sehr zum Ärger ihrer Begleiterin, einer älteren, verblühten Dame, hat die Senorita gleich vom ersten Tage ihrer Bekanntschaft in etwas burschikoser Form ihr Interesse für den jungen Forscher bekundet. Es macht ihr offensichtlich Spaß, Lichtenau immer wieder aus seiner Reserve herauszulocken. Durch ihre Plaudereien weiß er auch schon ziemlich über ihre Verhältnisse Bescheid.

Ihr Vater ist ein reicher Silberminenbesitzer in Mexiko, der ihr jeden Wunsch erfüllt und sie auch jetzt nach Rio de Janero reisen ließ, damit sie diese südamerikanische Metropole kennen lernte. Sie hat natürlich viele Verehrer, aber sie nimmt diese nicht ernst, lacht über sie und treibt mit ihnen alle möglichen Tollheiten, die für die Betroffenen oft peinliche Situationen zeitigen.

Lichtenau scheint der Erste zu sein, bei dem es ihr nicht gelingt, ihn vor ihren Triumphwagen zu spannen. Er ist immer höflich und reserviert, aber er behandelt sie wie ein ungebärdiges Kind. Das reizt sie oft maßlos, sie ärgert sich über den „deutschen Tölpel", wie sie ihn in schlechter Stimmung ihrer Gesellschafterin gegenüber nennt und diese fühlt sich dadurch bewogen, den jungen Mann mit hochmütiger Ignoranz zu behandeln. Senorita Juanita hat sich auch schon vorgenommen, sich dieser Haltung anzuschließen, aber wenn Lichtenau erscheint und in seiner still-freundlichen Art mit ihr plaudert, fühlt sie sich immer wieder entwaffnet. Er ist so ganz anders als die jüngeren oder älteren Männer, die ihr den Hof machen. Er schenkt ihr keine Komplimente, scheint auch Veränderungen ihrer Kleidung gar nicht wahrzunehmen. Er ist immer gleichmäßig freundlich zu ihr, stets liegt ein sinniger Ernst auf seinem schmalen Gesicht, nur manchmal von einem Lächeln unterbrochen. Ein paarmal erzählte er ihr auch von seinen Interessen. Zuerst langweilte es sie, dann hörte sie doch mit steigender Anteilnahme zu.

Sie ist in einen inneren Zwiespalt geraten, der sie beunruhigt. Ihr Mädchenstolz, geboren aus dem Bewußtsein ihrer Schönheit und ihres Reichtums, empört sich oft über seine Zurückhaltung. Doch seine ruhige, sichere Art gefällt ihr, seine wohltönende Stimme hört sie gern und wenn sein klarer Blick auf ihr ruht, bemächtigt sich ihrer ein ganz eigenes Gefühl, das sie noch nicht bei einem Manne verspürt hat.

„Wollen Sie immer noch zu Ihren alten Trümmern?" läßt sich Juanita wieder vernehmen.

„Ich erzählte es Ihnen bereits, Senorita", lautet die kurze Antwort.

„Kommen Sie doch zu uns nach Mexiko. Es ist eine sehr interessante Stadt und viel netter als Ihre alten Steine. Papa würde sich gewiß freuen, Sie bei uns zu sehen."

„Vielleicht später. Es wird mir sicher eine Ehre sein, Ihren Herrn Vater kennen zu lernen."

Juanita zieht nervös an ihrer Zigarette. Er ist wie ein Eisschrank, denkt sie, warum rede ich überhaupt mit ihm. Plötzlich durchzuckt sie ein Gedanke, sie spricht ihn auch sofort aus: „Wo wollten Sie noch hin, Senor?"

„Nach der Ruinenstätte Mayapan in Yukatan, beim Dorfe Telchaquillo, in der Nähe von Merido", gibt Lichtenau zur Antwort.

„Telchaquillo?" wiederholt die Senorita sinnend, dann fragt sie lebhaft ihre Begleiterin: „Telchaquillo, hat Pa' dort nicht auch Besitzungen, Dolores. Ich glaube, er hat mir einmal davon erzählt?"

„Das weiß ich nicht, Senorita. Es ist wohl auch nicht anzunehmen, daß Senor y Serestro Ihnen erlauben würde, in diese unmögliche Gegend zu gehen", gibt Senora Dolores zurechtweisend zurück.

„Pah, das weiß ich besser. Pa' erlaubt es mir bestimmt", und sich zu Lichtenau wendend, „was halten Sie davon, wenn ich Sie begleite?"

Dieser muß unwillkürlich lachen. „Das ist unmöglich, Senorita. Das ist kein Aufenthaltsort für eine verwöhnte junge Dame." Juanita beißt sich auf die Unterlippe. Jähe Röte überfliegt ihr erregtes Gesicht, dann bricht es los: „Sie sind ein ganz schrecklicher Mensch. Jawohl, das sind Sie!", unterstreicht sie im ärgerlichen Tone.

„Aber, Senorita", mischt sich Senora Dolores ein.

„Ach was", begehrt Juanita auf, „ich bin kein kleines Mädchen mehr und weiß, was ich will. Wenn mich Herr von Lichtenau nicht mitnimmt, werde ich Pa' bitten, mit mir nach Mayapan zu fahren, um mir die Ruinen zu zeigen". Sehr erregt sieht sie aus, die Augen blitzen, nervös spielen die Hände.

Lichtenau hält es für ratsam, die Situation zu beenden. Er erhebt sich, verneigt sich zu den beiden Damen und sagt: „Überlegen Sie sich Ihr Vorhaben, Senorita, wenn Sie ruhiger geworden sind. Andernfalls würden Sie es sicher bedauern."

„Das ist meine Sache, Herr von Lichtenau!", ist die brüske Antwort.

Dieser verläßt den Saal und tritt auf das Deck hinaus. An der Reeling bleibt er stehen und blickt auf das Meer, das sich beruhigt hat. Dummes, kleines Mädel. Ein leichter Anflug von Ärger ist in ihm. Lange Zeit steht er und schaut in die Weite, da berührt jemand leicht seinen Arm. Er wendet sich zur Seite und blickt in Juanitas dunkle Augen.

Ganz leise, etwas stockend, kommt es über die Lippen: „Seien Sie mir nicht böse, Herr von Lichtenau, ich war wohl recht

11

ungezogen?"

„Nur ein wenig unvernünftig, Senorita." Der freundliche Ton der Stimme gibt dem Mädchen die Sicherheit zurück, lebhaft versichert sie: „Sie müssen mir glauben, ich interessiere mich wirklich für Ihre Forschungen. Es klingt unwahrscheinlich, nicht wahr? Aber ich möchte mich irgendeiner ernsthaften Suche widmen", und leicht bekümmert setzt sie hinzu, „mein Leben ist so inhaltslos und Ihre Erzählungen von Ihrem Streben haben mich das so recht erkennen lassen. Lassen Sie mich mitgehen als Ihre Gehilfin." Eine bittende Gebärde unterstreicht die letzten Worte.

„Es geht wirklich nicht, Senorita." Enttäuschung malt sich in den Zügen des jungen Mädchens, der volle Mund zuckt, die Tränen scheinen nahe. Begütigend fährt Lichtenau fort: „Vorläufig jedenfalls nicht." Dann beginnt er von seinen Hoffnungen zu erzählen, die ihn veranlassen, nach Yukatan zu gehen. Er schildert ihr eindringlich die Mühseligkeiten und Unannehmlichkeiten, die seiner warten werden, und die er eben überwinden müsse, um zu seinem Ziel zu gelangen. In seiner ruhigen Art spricht er mit Juanita, und langsam sieht sie ein, daß sie ihm vorerst nichts nutzen könne. Als er ihr dann aber verspricht, nach Abschluß der Arbeiten zu schreiben, hellt sich ihr Gesicht auf.

Impulsiv ergreift sie seine Hand: „Das ist ein Wort und ich verlasse mich darauf."

„Das können Sie, Senorita. Ich freue mich über Ihre Anteilnahme und werde Ihnen regelmäßig nach Mexiko berichten." Ein Händedruck besiegelt das Versprechen.

Nun stehen beide Menschen still nebeneinander, nur ihre verschiedenen Gedanken und Empfindungen reden eine wortlose Sprache. Mehr noch als alles Vorangegangene, scheint sie dieses gemeinsame Schweigen miteinander zu verbinden.

Groß und dunkel die Augen des Mädchens, als sie jetzt wieder zu ihm aufsieht und sagt: „Ich werde jetzt gehen müssen, Herr von Lichtenau, es wird kühl."

Dieser wendet sich zu ihr. Sein Blick umfaßt sie, ihr eine zarte Röte in das Gesicht treibend. „Also, auf gute Freundschaft, Senorita. Morgen früh kommen wir im Hafen an, dann trennen sich vorläufig unsere Wege. Aber ich fange an zu glauben, daß sie sich wieder vereinen." Er verneigte sich, ergreift ihre kleine Hand und küßt sie.

„Auf Wiedersehen, Herr von Lichtenau!" Mit einem glücklichen Lächeln grüßt sie ihn nochmals und enteilt in ihre Kabine. Lichtenau ist allein.

Am andern Tag läuft das Schiff den Hafen an der Küste Yukatans an. Das vorläufige Reiseziel ist erreicht.

Lichtenau verabschiedet sich von Senorita Juanita. Sie ist still und zurückhaltend, nur ihre Augen sprechen eine beredete Sprache. Mit warmen Worten dankt er ihr nochmals für Ihr Interesse und wiederholt das Versprechen, ihr bald zu schreiben.

„Ich würde mich freuen, von Ihnen zu hören", konventionell-kühl klingen die Worte, während sie ihm die Hand gibt. Doch dann durchbricht das Gefühl die Schranke gesellschaftlicher Beherrschung. Die Augen werden feucht und stockend bringt sie hervor: „Nicht wahr, Sie rufen mich bald? Die Madonna schütze Sie und . . .", jäh bricht sie ab.

Wie eine beschwörende Bitte klingt es auf und rührt an das Herz des jungen Forschers. Liebes kleines Mädchen, denkt er. Wieder umfaßt sein Blick voller Herzlichkeit die schlanke Gestalt, fester umschließt seine nervige Hand die ihre, als er sagt: „Wir sehen uns wieder, Senorita, ich weiß es, ich fühle es in mir." Ein Aufleuchten der dunklen Augen dankt ihm wortlos.

„Auf Wiedersehen, Senorita!" „Auf Wiedersehen, Herr von Lichtenau!" Froh klingt Juanitas Stimme.

Höflich verneigt sich Lichtenau vor Senora Dolores, die mit eisig-hochmütigem Gesicht der Szene beiwohnt. Ein knappes Kopfnicken ist ihre Erwiderung.

Noch einmal finden sich die Augen der jungen Menschen, dann wendet sich Lichtenau und gelangt über die Schiffstreppe in die wartende Barkasse, die ihn zum Ufer bringt.

* * *

Hier empfängt ihn der Trubel einer südländischen Hafenstadt. Sofort stürzen einige braune Burschen, in grellfarbener Landestracht gekleidet, auf den Köpfen riesige Sombreros, auf ihn zu und reden, sich einander überschreiend, heftig gestikulierend auf ihn ein, ihre Hotels anpreisend.

Lichtenau mustert amüsiert die Einzelnen. Endlich winkt er einem, der ihm als der Vertrauenswürdigste erscheint. Sogleich ergreift der Bursche die Gepäckstücke und schleppt sie zu einer unweit stehenden, etwas mitgenommen aussehenden, offenen Kutsche. Nach kurzer Fahrt ist das Hotel erreicht. Der Forscher erhält ein geräumiges Zimmer, dessen Fenster zum Meer hinausgehen. Nach einem reichlichen, allerdings sehr gewürzten Mittagessen, widmet er sich ein paar Stunden seinen Büchern. Gegen Abend, als die Hitze etwas nachgelassen hat, entschließt er sich zu einem Bummel durch die Stadt. Er will versuchen, einen zuverlässigen Führer und Pferde zu finden. Es wird nicht leicht sein in diesem fremden Land, und die Erfahrung hat ihn Vorsicht gelehrt. Nach längerem Herumschlendern betritt er eine der zahlreichen Hafenschenken. Prüfend schweift sein Blick über die mehr oder weniger verwegen ausschauenden Burschen, die an den Tischen sitzen, würfeln, trinken und sich laut und lebhaft unterhalten. Lichtenau tritt an den Schanktisch, trinkt seinen Wein und wendet sich wieder zum Gehen. Gerade als er die Schenke verlassen will, prallt er in der Tür mit einem jungen Mann zusammen. Dieser trägt die Mokassins der Indianer, doch seine Haut ist heller und nur das straffe, schwarze Haar läßt in ihm das Mischblut erkennen. Seine Augen blicken scharf und der Mund ist fest geschlossen. Einen Augenblick lang ruhen beider Blicke ineinander. Dann betritt der Bursche die Schenke, wirft seinen Sombrero auf einen leeren Tisch, bindet mit langsamer Gebärde sein Halstuch ab und läßt sich nieder.

Unschlüssig bleibt Lichtenau in der Tür stehen. Irgendetwas gefällt ihm an dem jungen Manne und so geht er zurück in den Raum und setzt sich an den gleichen Tisch. Der Andere nimmt keine Notiz von ihm. Umständlich setzt er seine Pfeife in Brand, ruft nach Wein und versinkt in Nachdenken. Lichtenau beobachtet ihn unausgesetzt. Der Bursche gefällt ihm immer mehr. Er überlegt angestrengt, wie er das Gespräch mit ihm beginnen soll. Endlich gibt er sich einen Ruck, wendet sich zu ihm und fragt ohne Umscheife: „Verzeiht, Senor, könnt Ihr mir sagen, wo ich Pferde und einen Führer finde, um zu den alten Mestizendörfern zu kommen, in deren Nähe sich die Ruinen aus der Maya-Zeit befinden?"

Überrascht wendet sein Gegenüber den Kopf. Lichtenau fühlt den scharfen, durchdringenden Blick der nachtschwarzen Augen, dann antwortet der Angeredete mit schleppender Stimme: „Pferde kann der Senor überall kaufen und hinführen will ich Euch zu den Ruinen, denn ich stamme von da oben her."

Lichtenau durchzuckt es wie Freude, so schnell zum Ziele zu gelangen, doch beherrscht er sich und fragt gelassen wieder: „Wie lange werden wir bis Telchaquillo brauchen?" Nach kurzer Überlegung gibt der Bursche diese Antwort: „Ein paar Tage mit guten Pferden. Ich habe schon manchen Fremden dorthin geführt. Es ist kein ungefährliches Beginnen, Gesindel treibt sich in jener Gegend herum. Aber ich habe ein gutes Mittel." Bei diesen Worten schlägt er leicht an die Revolvertasche, die an seinem Gürtel hängt. Dann fügt er hinzu: „Der Wirt kennt mich. Der Senor können ohne Sorge sein."

Lichtenau sinnt, immer wieder gleitet sein forschender Blick zu dem Mestizen, schließlich sagt er: „Gut — ich werde es mir überlegen, meldet Euch morgen in der Casa d'orfeo bei Senora Margarita." Er steht auf, gibt dem Burschen ein Handgeld und verläßt die Schenke.

Als Lichtenau gegangen war, bleibt Paolo Samblo noch sitzen. Er nimmt eins der Geldstücke und befragt das Schicksal. Fällt die Krone nach oben, wird ihn der fremde Senor mitnehmen. „Bei der Madonna, die Krone ist nach oben gefallen." Sichtlich befriedigt steckt Paolo das Geld ein, bezahlt an der Schenke und macht sich auf den Weg, um Pferde aufzutreiben.

Zurückgekehrt in das Hotel, sucht Lichtenau sofort sein Zimmer auf. Seinen Packtaschen entnimmt er eine Menge Pläne und Aufzeichnungen und vertieft sich in diese. Noch immer ist es ihm nicht gelungen, dem Lande seiner Sehnsucht — Atlantis — näher zu kommen. In Peru hat er die Inkatempel durchsucht, doch sein Forschen hat keine neuen Ergebnisse erbracht. Aufseufzend legt er die Pläne wieder zusammen.

Am andern Morgen stellt sich Paolo pünktlich ein. Er hat passende Pferde ausfindig gemacht.

Lichtenau überlegt nicht mehr lange, er betreut ihn mit der Ausrüstung der kleinen Expedition.

Paolo stellt sich am nächsten Tage frühzeitig wieder ein. Drei kräftige Pferde sind erstanden, auch alle notwendigen Ausrüstungsgegenstände, wie Zelt und Zubehör.

Lichtenau ist zufrieden, Paolo hat sich als zuverlässiger Mann erwiesen. Er sagt ihm das auch und unterstreicht sein Lob mit klingender Münze. Der Mestize strahlt und beteuert seine Ergebenheit.

„Wann können wir reiten?" Mit dieser Frage schneidet Lichtenau Paolos Redeschwall ab.

„Wenn der Senor will, in einer Stunde. Wir haben dann zur Mittagszeit den Wald, der zur Hochebene führt, erreicht."

„Und was dann?" „Die Ruinen liegen auf der Hochebene."

„Gut, Paolo, in einer Stunde." Lichtenau gibt dem Mestizen die Hand. Paolo fühlt sich durch diese Geste sichtlich geschmeichelt. Er erwidert den Händedruck mit solcher Kraft, daß Lichtenau Mühe hat, den Schmerz nicht laut werden zu lassen.

Zur verabredeten Zeit brechen Sie auf. Bald liegt die Stadt hinter ihnen und die Steppe nimmt sie auf, die nach längerer Zeit in niedriges Gehölz und dann in dichten Wald übergeht. Ein schmaler Pfad führt durch das Dickicht, in dem Halbdunkel herrscht. Die Reiter kommen nur langsam vorwärts. Umgestürzte Bäume und wildwucherndes Gestrüpp versperren oft den Weg. Feuchtwarmer Dunst umfängt sie, die Pferde schnaufen. Grünschillernde große Eidechsen huschen über den Weg, schauen einen Augenblick mit starrem Blick zu den Männern und verschwinden schnell im Gebüsch. Buntfarbene Vögel flattern hier und dort auf, Insektenschwärme spielen an lichteren Stellen in der Luft. Nach stundenlangem Ritt ist der Rand des Waldes erreicht. Große Helle umflutet sie. Jäh erhebt sich vor ihnen ein langestreckter Bergabhang, von Wetter und Wind stark zerklüftet.

Paolo weist auf einen schmalen Strich, serpentinenartig verläuft er nach oben. „Seht Ihr den Pfad, Senor? Er führt auf die Hochebene, wo sich Mayapan befindet." Lichtenau folgt mit dem Fernglas der Richtung.

„Ich bin müde, und heiß ist es hier", der weiße Tropenanzug ist feucht vom Schweiß, „wir wollen rasten, Paolo."

Bereitwillig schafft Paolo alles Nötige herbei. Im Schatten uralter Bäume wird gelagert, jeder läßt sich das Mitgebrachte schmecken. Unaufhörlich beobachtet Lichtenau den Mestizen. Wie geschmeidig er ist. Er gleicht einem seltenen Raubtier. Das braune Gesicht zeigt scharfe Konturen, zwei tief eingeschnittene Falten stehen um den vollen Mund. Er scheint es nicht leicht gehabt zu haben in seinem Leben. Unvermittelt fragt er Paolo: „Bist du verheiratet?"

„Nein", schroff klingt die Antwort, die Augen nehmen einen harten Glanz an, die scharfen Linien um den Mund vertiefen sich. Lichtenau empfindet, daß er unbeabsichtigt an eine wunde Stelle rührte. Begütigend sagt er: „Tröste Dich mit mir, Paolo, auch ich habe noch nicht die Richtige gefunden. Es ist auch besser zu warten, als die Falsche zu nehmen."

Paolo schweigt eine Weile, bis er antwortet. Seine tiefe Stimme zittert ein wenig, als er sagt: „Ich hatte die Richtige, doch ein Fremder nahm sie mir. Er war reich und Paolo ist arm." In seinen Augen glüht es drohend auf, als er hinzufügt: „Ich hasse die Fremden." Der Mestize zischt es heraus, sein Gesicht verzerrt sich. Lichtenau wird es unbehaglich. Er erhebt sich und seine Rechte tastet nach der Revolvertasche. Da tönt Paolos tiefes Lachen an sein Ohr: „Keine Furcht, Senor. Ihr seid gut. Ihr gabt Paolo die Hand. Immer wird Euch Paolo dienen und schützen, gegen wen es auch sei."

Lichtenau ist von dem plötzlichen Stimmungsumschwung betroffen. Er lächelt gezwungen. Merkwürdiger Kerl, fast im gleichen Atemzuge spricht er von Haß und von Zuneigung zu den Fremden.

„Wir wollen weiter, Paolo, es wird Zeit."

Vorsichtig klettern die Pferde den schmalen, oft steilen Pfad hinan. Noch brennt die Sonne unbarmherzig, es ist eine grosse Anstrengung für Mensch und Tier. Endlich ist die Höhe des Plateaus erreicht. Aufschnaufend stehen die Pferde still. Vor den Reitern breitet sich eine ungeheure Steppe aus, verdorrtes Gras bedeckt sie und vereinzelt recken Kakteen ihre bizarren Formen gen Himmel. In der Ferne lassen sich durch das Gras winzige Hütten erkennen. Lichtenau teilt es Paolo mit.

„Dort müssen wir hin, Senor. Es ist ein Mestizendorf, in dem wir Unterkunft für die Nacht finden können."

In schneller Gangart wird der Ritt fortgesetzt. Der Mond steht schon am Himmel, als die Reiter das Dorf, das aus einigen armseligen Hütten besteht, erreichen.

Paolo kennt sich hier aus. Auf sein lautes Rufen wird es in den Hütten lebendig. Männer und Frauen erscheinen von allen Seiten, sie starren die Ankömmlinge neugierig an. Der Mestize ruft ihnen etwas zu. Bald kommt ein alter Mann mit weißen Haaren, offenbar der Dorfälteste. Er grüßt Lichtenau mit einem kurzen Lüften des altersschwachen Sombreros. Auf Paolos Darlegungen erwidert er: „Ihr seid willkommen. Ihr könnt bei mir schlafen."

Dann wendet er sich zu seinen Leuten und fügt hinzu: „Der Fremde ist unser Gast."

Dieses Wort löst den Bann. Die Männer drängen sich um Lichtenau. Jeder ruft ein paar Worte. Freundlich antwortet der junge Forscher: „Ich danke Euch für Eure Freundschaft. Morgen früh will ich es Euch entgelten, so gut ich es kann. Jetzt müssen wir schlafen, wir sind sehr müde." Er springt vom Pferd und folgt dem Dorfältesten in dessen Hütte, wo ein einfaches Lager seiner wartet.

Paolo bleibt draußen bei den Pferden. Er bindet sie an und hockt sich mit eingeschlagenen Beinen daneben, die Wand der Hütte dient ihm als Rückenlehne.

Früh steht die Sonne in strahlender Majestät am wolkenlosen Himmel. Freundlich verabschiedet sich Lichtenau von seinem Gastgeber. Er schenkt ihm und anderen Dorfbewohnern einige Geldstücke, was große Freude auslöst.

Die trostlose Einöde nimmt die Reiter wieder auf. Stunden um Stunden verrinnen. Im kärglichen Schatten großer Kakteen wird kurz gelagert und dann geht es weiter. Nach tagelangem Ritt, in dessen Verlaufe sie noch in anderen Mestizendörfern übernachten, wird endlich am Horizont eine dunkle Erhebung sichtbar, die sich beim Näherkommen, durch das Fernglas erkennbar, als die Ruinen Mayapans erweisen.

Noch eine Übernachtung ist notwendig. Gegen Mittag des kommenden Tages nähern sich die Reiter den Überresten der zyklopischen Umfassungsmauer, die teilweise noch in respektabler Höhe die Ruinen der alten Mayahauptstadt umschließt.

Das Fieber der Erwartung hat Lichtenau gepackt. Er drängt auf schnellere Gangart. Im Galopp jagen sie in der Sonnenglut über die von Hitze förmlich dampfende Steppe. Die Pferde sind schweißbedeckt. Plötzlich spürt Lichtenau eine bleierne Müdigkeit in seinen Gliedern. Die Hitze übermannt ihn. Mit letzter Willenskraft kämpft er, seiner Sinne mächtig zu bleiben. Totenbleich ist sein Gesicht, über das die Schweißströme rinnen. Stoßweise entringt sich der Atem. Ein Schwindelgefühl erfaßt ihn, ein tiefes Ächzen, er fällt nach vorn auf den Hals des Pferdes, das nach wenigen Schritten still steht.

Der ächzende Laut ruft Paolo an Lichtenaus Seite. Der Mestize springt vom Pferde und fängt den Forscher in seinen Armen auf. So gut es geht, bettet er ihn auf den Boden, öffnet das Hemd und versucht mit seinem Sombrero frische Luft zuzufächeln.

Nach einer Weile schlägt Lichtenau die Augen auf. Mühsam richtet er sich empor, doch erschöpft sinkt er wieder zurück. Bekümmert betrachtet ihn Paolo. Da kommt ihm ein Gedanke. Er geht zu seinem Pferd und holt aus der Satteltasche ein kleines Fläschchen. Er öffnet es und bringt es an Lichtenaus Lippen. „Trinkt, Senor, es wird Euch gut tun."

Gierig trinkt der Forscher. Fast umgehend spürt er, wie alle Müdigkeit und Gliederschwere von ihm weicht. Er ist hellwach und fühlt sich wie neugeboren. Wohlig streckt er sich, dann, mit einem Ruck, steht er auf den Beinen. „Das ist wohl ein Zaubertrank?"

„Nein, Senor", lächelt Paolo, „das ist er nicht. Es ist Wein mit ein paar Tropfen Peyotl, ein Gift, das aus dem kleinen stachellosen Katus Peyot, der wie ein graugrüner Kiesel aussieht, gewonnen wird. Aber man muß vorsichtig damit sein, sonst verliert man den Verstand und stirbt daran", fügt er mit ernstem Gesicht hinzu.

„Peyotl", Lichtenau erinnert sich dunkel, darüber gelesen zu haben. Sein Pferd besteigend, sagt er froh: „Jedenfalls danke ich Dir, Paolo. Die Hitze hatte mich ganz schön erledigt, doch jetzt wollen wir reiten, um vor Anbruch der Nacht bei den Ruinen zu sein."

Immer näher rückt die mächtige Mauer. Endlich ist sie erreicht. Lichtenau entschließt sich, an ihr entlang zu reiten, um an einer geeigneten Stelle ein Lager aufzuschlagen. Einen Mauerdurchbruch, in dessen Nähe ein paar Kakteen stehen, wählt er zum Ruheplatz.

Paolos Sorge gilt zuerst den Pferden. Sorgfältig reibt er sie trocken und tränkt sie aus dem mitgeführten Wassersack. Dann richtet er das Zelt. Aufatmend läßt sich Lichtenau auf das Deckenlager fallen. „Puh, ist das eine mörderische Hitze."

Lang streckt er sich aus.

Geschmeidig und geräuschlos in seinen Mokassins, gleitet Paolo in das Innere des Zeltes und hockt sich nieder.

„Wollt Ihr heute noch zu den Ruinen, Senor?"

„Morgen früh, Paolo. Es ist besser, wir ruhen uns erst einmal aus."

Der Mestize nickt zustimmend. Plötzlich verwandelt sich sein Gesichtsausdruck, er schaut düster, mit starrem Blick, vor sich hin.

„Was hast Du, Paolo?" fragt Lichtenau, der die Veränderung bemerkte. Der Mestize murmelt monoton, wie geistesabwesend, unverständliche Worte vor sich hin. Was hat der Bursche? Lichtenau richtet sich etwas auf. Paolos Augen sind weit aufgerissen, er starrt in die Luft, als sähe er etwas, unaufhörlich murmeln die Lippen die gleichen Laute. Der Forscher klopft ihm leicht auf die Schultern. Der Mestize zuckt zusammen, die Augen verlieren die Starre, das Gesicht entspannt sich.

„Was sahst Du, Paolo?", dringt Lichtenau zu ihm. Furchtsam sieht sich der Mestize um, dann flüstert er: „Die Geister Mayapans wachen über die heilige Stätte, Senor. Wir müssen versuchen, sie uns gut zu stimmen, sonst kostet es unser Leben."

Primitiver Aberglaube, denkt der Forscher. Mit einem Scherzwort will er darüber hinweggehen, doch er schweigt. Er erinnert sich des mysteriösen Todes eines bekannten Forschers und seines Gehilfen, die in eine ägyptische Grabkammer eindrangen und später langsam dahinsiechten. Die berühmtesten Ärzte konnten die Ursache dieser Todesfälle nicht feststellen. Es wurden genaueste Untersuchungen in der Grabkammer vorgenommen. Alle Annahmen, daß es sich um eine Infektion durch Insekten oder geheimnisvolle Gifte, die auf den Geräten der Grabkammer aufgestrichen waren, handelte, erwiesen sich als nicht stichhaltig. Die Weltpresse griff den

Fall auf. Die erdenklichsten Vermutungen wurden aufgestellt. Man verstieg sich sogar zu der Annahme, daß die Priester Altägyptens durch besondere magische Kräfte, die sie zum Schutze der Grabkammern an diese Orte bannten, den Eindringlingen den geheimnisvollen Tod bereiteten.

Sollten hier ähnliche Gefahren lauern? Erzogen im Denken des modernen Zeitalters lehnt Lichtenaus Verstand eine mysteriöse Deutung ab, aber damit ist keine Erklärung gegeben. Sollte dieser einfache Mensch in seinem Glauben der Sache näher kommen, als die aufgeklärten Wissenschaftler? Rätsel über Rätsel hat er schon auf seinen Wegen, den Spuren alter Völker folgend, ungelöst vorgefunden. Immer ist er achselzuckend darüber hinweggeschritten. Einbildung, Selbsttäuschung oder Suggestion waren es wohl gewesen, was ihn manchmal geheimnisvoll angemutet hatte. Sicher leidet auch Paolo unter Halluzinationen und nimmt etwas als Wirklichkeit an, was nur blauer Dunst ist. Und doch bleibt ein leises, unbehagliches Gefühl in Lichtenau lebendig. Mit allen Waffen seines Verstandes zieht er gegen diese Empfindung zu Felde, bis der Schlaf ihn umfängt.

Als Lichtenau am anderen Morgen erwacht, steht der Mestize schon fertig angezogen vor seinem Lager. Soweit es der beschränkte Wasservorrat zuläßt, erfrischt er sich. Beim gemeinsamen Frühstück erzählt Paolo, daß er schon Umschau gehalten hat. Er sagt: „Wir können durch das Mauerloch bis an den Sonnentempel heranschreiten." Interessiert hört Lichtenau zu. „Gut, Paolo, wir werden es versuchen."

Das Lager wird abgebrochen. Vorsichtig lenkt Paolo sein Pferd in den Mauerdurchbruch. Lichtenau folgt, das Packpferd hinter sich herziehend. Sie kommen auf ein weites Trümmerfeld, daß mit größeren und kleineren Steinen wie besät ist. Die Hindernisse bedachtsam umgehend, gelangen die Pferde bis an die große, sehr verfallene Freitreppe des Tempels, die, aus mächtigen Quadersteinen zusammengefügt, nach oben strebt.

Lichtenau sieht sich um. Irgendetwas Besonderes ist nicht zu erblicken. So reitet er langsam an der Freitreppe entlang und schwenkt an der anderen Seite des Tempels ein. Wieder erschweren Geröll und Kakteen den Weg und müssen umgangen werden. Aufmerksam betrachtet der Forscher das alte Gemäuer. Da fällt ihm ein breiter Spalt auf, der, über Manneshöhe gelegen, einem dunklen Loch gleichkommt. Er ruft Paolo. „Siehst Du dort oben das Loch. Von dort müssen wir versuchen in das Innere des Tempels zu gelangen. Schlage das Zelt auf und binde die Pferde an." Wortlos gehorcht der Mestize. Lichtenau prüft indessen seinen Revolver und seine Taschenlampe. Auf seine Weisung tut Paolo das Gleiche und folgt mit Hacke, Beil und Seil dem vorangehenden Forscher. An der Tempelmauer angelangt, klettert Lichtenau auf die Schultern Paolos und zieht sich mit einem Klimmzug in den Spalt. Das zugeworfene Seil erleichtert Paolos Aufstieg. Vorsichtig, Schritt für Schritt, dringen die Männer in das dunkle Loch. Die Taschenlampen flammen auf und erleuchten einen schmalen, niedrigen Gang, der in vielen Windungen, langsam in die Tiefe gehend, dem Inneren des Tempels zuzustreben scheint. Andere Gänge, von beiden Seiten kommend, kreuzen ihren Weg. Lichtenau versucht, die einmal eingenommene Richtung einzuhalten. Dieses Vorhaben wird ihm plötzlich erschwert. Der Weg verzweigt sich in mehrere auseinanderlaufende Gänge. Unschlüßig bleibt er stehen.

„Das Labyrinth des Minotaurus scheint hier sein Vorbild gehabt zu haben", murmelt er nervös vor sich hin.

Paolo tritt hinzu. Er ist etwas furchtsam gefolgt. Vorbeihuschende Eidechsen und anderes Getier haben seine Phantasie erregt. Ängstlich fragt er mit leiser Stimme: „Wollt Ihr denn noch weiter, Senor? Wir werden uns verirren und verhungern."

Die Furchtsamkeit des starken, sehnigen Burschen bringt Lichtenau zum Lachen und belebt seine Stimmung. „Wir gehen weiter, Paolo. Noch war nichts zu sehen, was mich interessieren könnte. Doch still." Er schweigt und horcht angestrengt. „Hörst Du nichts?" Paolo lauscht. „Ich höre ein Geräusch wie fernes Plätschern von Wasser", antwortet er. „Wir wollen dem nachgehen, komm Paolo." Lichtenau biegt in den Gang ein, aus dem er das Geräusch zu vernehmen glaubt. Der Gang wird bald enger und niedriger, tiefgebückt müssen die Männer ihren Weg nehmen. Das Plätschern rückt mit jedem Schritte näher. Es wird immer lauter, bis sich der Gang zu einer kleinen Höhle weitet. Das Licht der Lampen gleitet über die Wände, sie sind mit Bildhieroglyphen bedeckt. Im Hintergrund sprudelt Wasser in einer Nische. Beim Nähertreten erkennen sie ein gemauertes Becken, das einen Abfluß hat. Erstaunt betrachten beide Männer das Becken. Der Rand ist mit verschlungenen Ornamenten verziert, an den Seiten bilden Tierköpfe den Abschluß der Mauer.

Lichtenau kommt ein Gedanke. — „Findest Du den Weg allein zurück?" „Das glaube ich schon, Senor". „So gehe zurück und hole den Wassersack. Jetzt haben wir keine Not mit dem Wasser mehr."

Der Mestize zögert, schließlich sagt er: „Ihr könnt doch nicht allein hier bleiben, Senor. Wenn Euch etwas zustößt, niemand kann Euch helfen."

„Was soll mir hier schon passieren, Paolo. Hier ist niemand, jedenfalls kein Mensch, und mit Deinen Geistern werde ich schon fertig", lächelt Lichtenau.

25

Paolo bekreuzigt sich. Wortlos geht er, das leise Geräusch seiner Schritte verklingt.

* * *

Lichtenau ist allein. Aufmerksam betrachtet er beim Schein der Taschenlampe die Hieroglyphen. Eine Vogeldarstellung kehrt immer wieder, über die eine Sonne ihre Strahlen breitet, dann wieder senkrechte und waagerechte Striche und Wellenlinien, dazwischen ein geschlossenes Auge mit einem Unterkiefer.

Lange sinnt der Forscher vor sich hin. Dann weiß er, was diese Darstellungen bedeuten. Er hat darüber in den Werken über die Mayahandschrift gelesen. Der mythische Vogel ist Moan und bedeutet wahrscheinlich die menschliche Seele. Die Sonne ist Yaxkin und ist der Gott, der hier angebetet wurde. Das geschlossene Auge mit dem fleischlosen Unterkiefer ist Cimi, der Tod.

Langsam geht Lichtenau an der Wand entlang, da öffnet sich ein neuer Gang vor ihm. Er geht hinein. Wieder das Gleiche. Sich windend senkt sich der Weg, andere Gänge münden ein. Der Forscher geht immer weiter — es drängt ihn vorwärts — vielleicht wartet hier die Erfüllung seines Strebens. Auf seinem Wege durchquert er kleinere und größere Höhlen, deren Wände mit Hieroglyphen bedeckt sind. Immer sind Vogelgestalten, Sonne und Augen erkennbar.

Lichtenau sieht auf seine Armbanduhr. Mein Gott — Stunden sind schon vergangen seit seinem Eintritt in diese labyrinthische Welt. Irgendwie meldet sich in ihm eine mahnende Stimme, die ihn zurückkehren lassen will. Doch geht er weiter. Plötzlich stutzt er — es ist ihm, als sei er schon in dieser oder jener Höhle gewesen. Ich habe mich verirrt — durchzuckt es ihn lähmend. Er bleibt stehen und überlegt. Er wird zurückgehen, seine eigenen Fußtapfen werden ihn hinausfinden lassen. Beim Schein der Lampe aufmerksam den Boden betrachtend, geht er langsam zurück. Doch da verwirren sich die Fußspuren, der Gang teilt sich und überall hin verlaufen Spuren. Welcher ist der richtige Weg? Ein beklommenes Gefühl steigt in ihm auf. Wieder bleibt er stehen. Er ruft nach Paolo. Vielfältiges Echo hallt zurück, aber keine Antwort erfolgt. Wieder biegt er in einen anderen Gang ein, in der schwachen Hoffnung, zurückzufinden. Er läuft und läuft, kein Tageslicht zeigt sich in der Ferne. Der Gang weitet sich. Er betritt eine große Höhle, an deren Wänden Bildskulpturen sichtbar werden. Das Interesse des Forschers läßt ihn die Gefahr seiner Lage vergessen. Er erkennt Doppelstatuen, die in verblüffend guter Darstellung je ein Menschenpaar mit harmonischen Gesichtszügen abbilden. Er geht von Statue zu Statue und gelangt in den Hintergrund der Höhle, die hier in einen halbrunden Raum ausläuft, zu dem einige in Stein gehauene Stufen hinaufführen. Mit dem Rücken ihm zugekehrt, erblickt er in der Mitte eine sitzende Statue. Er steigt die Stufen hinauf und nähert sich dieser. Sieht er richtig oder täuscht er sich? Die Statue ist in einen mattfarbenen Mantel eingehüllt, der aus Stoff zu bestehen scheint. Das Licht der Taschenlampe gibt ihm die Gewißheit. Die Statue ist tatsächlich mit einem weiten Stoffmantel bekleidet. Lichtenau tritt näher heran und betrachtet die Statue von der Vorderseite. Er sieht in ein uraltes Gesicht mit geschlossenen Augen, das mit einem Netz von Runzeln und Falten besät ist. Ein eigenartig gefaltetes Kopftuch bedeckt das Haupt, von einem Stirnband gehalten. Lichtenau steht und schaut in das Gesicht der geheimnisvollen Statue. Ist es überhaupt eine Statue oder ist es eine Mumie? Wenn es eine Mumie ist, darf ich sie nicht berühren, sie könnte zerfallen. Er kommt mit der Lampe dem Gesicht näher. Die Statue scheint zu atmen oder war es eine Sinnestäu-

schung. Lichtenau ringt mit sich. Soll er die Figur berühren. —
Lange Minuten steht er unschlüssig, dann mit plötzlichem
Entschluß, streckt er die Hand aus, die Statue anzufassen.
Da schlägt diese die Augen auf.
Lichtenau tritt zutiefst erschrocken zurück. Ein Mensch!? —
Eine tiefe wohlklingende Stimme tönt an sein Ohr: „Hast Du
endlich heimgefunden, Nabor, Lukomane des Reiches der
Maya?" Lichtenau starrt erschüttert in zwei große Augen, die
einen faszinierenden Glanz ausstrahlen und aus denen ihm
eine große Güte entgegenleuchtet. Langsam faßt er sich,
stockend fragt er mit verstörter Stimme: „Verzeih, aber ich
verstehe nicht den Sinn Deiner Worte."
Ein Lächeln belebt das runzelige Gesicht des Alten.
„Du warst lange fort, Nabor, seit Du dich abwandtest von
Elohim, dem großen Geist des Lichts, und der Abtrünnige
mußte leidvolle Wege gehen durch die Jahrtausende."
Die Stimme schweigt. Lichtenau glaubt zu träumen. Ein
Mensch in dieser Einsamkeit, tief unter der Erde, und dieser
Mensch gibt ihm einen Namen und behauptet auf ihn gewar-
tet zu haben.
Er ist sicher von einer Zwangsvorstellung beherrscht — vielleicht ist es ein Wahnsinniger. Ich werde darauf eingehen. Der
Alte kennt sicher dieses Labyrinth und wird mir helfen, hinaus zu finden. Laut sagt er: „Wie nanntest Du mich, Alter? Nabor? Richtig, ich erinnere mich. Ich war Dein Nabor, aber erzähle mir noch mehr, es ist so lange her und ich habe vieles
vergessen."
„Spotte nicht, Nabor, es ist nicht die Stunde dazu." Mit wür-
digem Ernst sagt es der Alte. Er erhebt sich, fast um Haupteslänge überragt er den Forscher. Der gütige Blick umfängt den
jungen Mann und sänftigt die innere Unruhe.
Etwas beschämt bringt Lichtenau hervor: „Ich bin etwas ver-

28

wirrt durch Deine Worte, deren Sinn ich mir nicht erklären kann."

Der Alte nickte freundlich, er fordert durch eine Handbewegung den Forscher auf, ihm zu folgen. Mit langsamen Schritten geht der rätselhafte Mensch voraus. Am Ende der Höhle biegt er, etwas gebückt, in einen Gang ein. Hier bleibt er stehen und wendet sich zu dem ihm folgenden Lichtenau: „Lösche Dein künstliches Licht, Nabor. Du hast es nicht mehr nötig. Halte Dich nahe zu mir, so kann Dir nichts geschehen."

Lichtenau gehorcht. Die Taschenlampe erlischt. Dunkel hüllt ihn im ersten Augenblick ein, doch dann erkennt er vor sich den Alten, dessen Gestalt mattes Licht zu umfließen scheint. Sie setzen den Weg fort. Das außergewöhnliche Erleben nimmt Lichtenau gefangen. In ihm ist ein Gefühl des Geborgenseins aufgekommen, gleichzeitig eine frohe Erwartung. Unwillkürlich lächelt er über sich selbst.

Der Weg führt wieder durch Windungen. Endlich bleibt der Alte stehen. Im Nähertreten sieht Lichtenau, wie sein Führer einen mächtigen Steinblock scheinbar mühelos aus der Wand löst und beiseite räumt. Ein großes, dunkles Loch gähnt ihnen entgegen. Durch dieses verschwindet der Alte, Lichtenau folgt. Eine Weile noch geht es vorwärts, dann verengt sich der Gang und scheint zu enden.

Plötzlich schlägt der Alte einen schweren Vorhang zurück. Lichtenaus Blick fällt in ein weites Gemach, das, von einem eigentümlich irisierenden Licht erhellt, verschiedene Einrichtungsgegenstände erkennen läßt. Überrascht bleibt der Forscher stehen und sieht seinen Führer an.

„Tritt ein, Nabor, der Segen Elohims sei mit Dir!"

An dem Alten vorbei, betritt Lichtenau den Raum. Eine traumhafte Situation umfängt ihn. Die Wände des hohen, weiten Gemaches bestehen aus geschliffenem Gestein, das dem Opal ähnlich ist. Der Boden ist bedeckt mit kostbaren Teppichen und Tierfellen. Entlang der Wände stehen breite Ruhebetten, deren Füße griechische Formen aufweisen. Antike Armstühle ohne Rücklehne und niedrige, runde Marmortische vervollständigen das Bild. Lichtenau steht und schaut. Er wagt kaum zu atmen, in der Furcht, das schöne Bild könne sich in Nichts auflösen.

In seiner Versunkenheit erreicht ihn die Stimme des Alten wie aus weiter Ferne: „Lasse Dich nieder, Nabor", der Alte weist auf einen Stuhl. Lichtenau setzt sich zögernd, seine Augen sind in die eigenartige Pracht verstrickt, die ihn umgibt.

Der Alte geht in eine Ecke des Gemaches. Er bringt in einer Achatschale eine kristallklare Flüssigkeit, die er vor Lichtenau hinstellt. Vorsichtig trinkt dieser davon, dann nimmt er die Schale von den Lippen. „Was ist das, Alter, was Du mir anbietest?" „Quellwasser, dem einige Kräuter beigemischt sind." In Lichtenau drängen viele Fragen, aber eine innere Scheu hält ihn zurück, sie laut werden zu lassen.

Der Alte hat sich auf einem Ruhebett, seinem Gast gegenüber, niedergelassen. Erwartungsvoll blickt ihm dieser ins Gesicht. „Du bist weit abgeirrt, Nabor, seit ich Dich letztes Mal sah."

„Und wann war das?" entfährt es Lichtenau.

„Für Dich sind es viele tausende von Jahren, für mich war es gestern."

Ungläubig schaut Lichtenau den Alten an. Er sieht wieder in die Augen des vergilbten Gesichtes und es ist ihm, als sehe er in eine große Halle hinein. Wie mit magischem Bann halten ihn diese Augen fest, ihr Blick scheint in ihn hineinzudringen bis in die letzten Tiefen seiner Seele. Da hört er wieder die tiefe Stimme: „Deine Seele ist so alt wie die Welt. Von Anbeginn geht Dein Weg. Viele Welten erlebtest Du, bis Du Deinen

Fuß erstmals auf diese Erde setztest. Es war das Land, nach dem Du jetzt forschst, das schon die Träume Deiner Knabenjahre erfüllte." „So war es Atlantis?" unterbricht Lichtenau innerlich erregt.

„Du sagst es. Eya-Eya, die selige Insel, von der die Sagen der Menschen noch dürftige Kunde geben." Eine Weile schweigt der Alte. Das runzelige Gesicht gleicht einer Totenmaske. Dann belebt es sich wieder, die Lider heben sich, ein entrückter Glanz läßt die rätselhaften Augen noch heller aufstrahlen. Er fährt fort: „Dein großes Verlangen nach dem Wissen dieser Dinge trieb Dich auf den Weg. Sie schlummern in Dir und gingen mit Dir durch viele Leben. Denn wisse, durch viele Leben läuft Deine Seele unaufhaltsam."

Lichtenau ist in Sinnen versunken. Ist es ihm nicht manchmal schon gewesen, als wäre er schon viele Wege auf diesem Planeten gegangen. Oft hatten sich in den Nachtstunden Bilder gedrängt, die er nicht verstand. Am Morgen hatte er sie meistens vergessen. Sollte die Wiederverkörperungslehre auf Wahrheit beruhen?

In seine Gedanken hinein dringt des Alten Stimme: „Sie ist die Wahrheit."

Erstaunt blickt Lichtenau auf, doch sein kritischer Verstand wendet ein: „Dann gibt es auch eine Rückverkörperung in das Tierreich, wie die Inder lehren?"

„Nein. Stein-, Pflanzen-, Tier- und Menschenreich sind streng voneinander getrennt. Das Tier hat eine jüngere Seele, die andere Wandlungen durchläuft. Es kommen tausende von Tierseelen auf eine Menschenseele."

Der junge Forscher ringt mit Zweifeln. Die ruhige, bestimmte Art des Alten hat etwas Überzeugendes, und er kann sich diesem Eindruck schwer entziehen.

„Ich will Dir helfen, Dein verlorenes Wissen wiederzufinden,

Nabor. Sieh, wie im Kreislauf das Wasser zu Nebel wird und aufsteigt in die Höhen, sich dort zur Wolke bildet und als Regentropfen wieder niederfällt, um ewig und immer diesen Kreislauf fortzusetzen. So setzen die Wesen dieser Erde ihrerseits den Kreislauf fort, in dem sie entkörpert in das andere Reich gehen und im Samenkorn des Mannes zurückkehren. Nur Wenige brechen diesen Kreislauf, weil in ihnen der Geist zum Lichte drängt."

„Das andere Reich. Wo ist Dein anderes Reich. Ich habe es noch nicht gesehen."

„Dein Bewußtsein ist umflort, Nabor. Du hältst Dich selbst gefangen in den Vorstellungen dieser Welt. Kehre zu Dir selbst zurück. Bringe die fremden Stimmen in Dir zum Schweigen und höre die Deines eigenen Geistes."

„Ich mühte mich, Alter, ich grübelte und sann, aber es ist mir oft, als wäre all diese Mühe vergeblich. Mein Verstand versagt, ich weiß mir dann keinen Rat mehr." Mit plötzlicher Beredsamkeit drängt es Lichtenau, die letzen Jahre seines Lebens mit dem immerwährenden Auf und Ab der Hoffnungen und Enttäuschungen vor diesem merkwürdigen Menschen auszubreiten.

Still hört der Alte zu. Sein Blick ruht auf dem jungen Mann, der unvermittelt mit einem hoffnungslosen Achselzucken abbricht.

„Der Verstand geht mangels eigenen Leuchtens leicht in die Irre", läßt sich der Alte vernehmen, „lebe wie einst, Nabor, frage in allen Dingen den Geist in Dir, er ist Dein bester Freund. Niemals kannst Du den Weg verfehlen, wenn Du Dich seiner Führung anvertraust."

„Du meinst die Stimme des Gewissens?"

„Es ist eine Ausstrahlung. Wenn Du etwas Falsches tun willst, wirst Du merken, daß Du unruhig in Dir bist. Dann mahnt

Dich Dein Geist. Zwischen Magen und Nabel ist die Seele verankert, daher das Unbehagen, wenn Du nicht nach den inneren Gesetzen handelst. Es ist auch ein Warnungssignal. Von hier aus strahlt es aus in Groß- und Kleinhirn und in den Unterleib. Das Gehirn ist der Regulator, der seelisch beeinflußt wird."

„Welches ist der Unterschied zwischen Geist und Seele?" will der Forscher wissen.

„Der Geist ist das Wesen an sich, er ist eingehüllt von der Seele, deren äußere Hülle der Körper ist."

„Wenn dem so ist, so gäbe es also auch eine andere Welt?"

„So ist es. Den Körper gebrauchst Du in der Erdenwelt, streifst Du ihn ab im körperlichen Tode, bist Du in Deinem Seelenleib in der Welt der Seelen, dem Dämmerreich. Bist Du frei geworden von allen irdischen Bindungen, wirfst Du Deinen Seelenleib ab und gehst als Geist in die lichte Geistwelt ein. Diese Welten gehören noch zur Aura der Erde."

„Entspricht diese Aura dem Umfang der magnetischen Kraftfelder der Erde?"

„So ist es. Jeder Planet hat seine Aura und mit den Auren berühren sie sich und bilden ein Ganzes", bestätigt der Alte, „auch der Mensch hat eine Aura", setzt er hinzu. Auf den fragenden Blick Lichtenaus fährt er fort: „Deine Aura ist die Ausstrahlung Deines seelischen Gehaltes und die Ausstrahlung Deiner Elektrizität, die Du ebenso in Dir hast, wie der Erdball sie in sich hat. Deine Elektrizität umgibt Dich und Deine seelische Ausstrahlung wird durch sie verstärkt. Wenn sie so stark wirkt, daß der elektrische Ring zerreißt, der Dich einhüllt, so wird es sein, als gingest Du in ein dunkles Zimmer, wo Du nichts erkennen kannst, machst plötzlich Licht und siehst alle die Gegenstände, die um Dich sind. So wird eines Tages auch Dein elektrischer Ring, der Dich umgibt, in die Finsternis leuchten, in der Du Dich heute noch befindest." Lichtenau hört betroffen zu. Er erinnert sich des matten Scheins, der die hohe Gestalt des Alten umfloß und so ihm den Weg erhellte, als sie gemeinsam den dunklen Gang durchschritten. Dabei kommt ihm der Gedanke, daß schon geraume Zeit vergangen sein müßte. Er sieht auf seine Uhr. Sie ist stehengeblieben. Etwas mißmutig schaut er wieder auf. Den Mund des Alten umspielt ein feines Lächeln.

„Deine Uhr kann die Atmosphäre dieses Raumes nicht ertragen. Bekümmere Dich nicht darum, Nabor. Hier gilt die Zeit nichts. Du bist in das Zeitlose des Kosmos hinausgetreten und wirst erst in Deine Menschenwelt zurückkehren, wenn Deine Einweihung vollzogen ist."

„Aber Paolo wird mich suchen", begehrt Lichtenau auf.

„Laß ihn suchen, er hat viel an Dir gut zu machen", ist die rätselhafte Antwort.

Lichtenau versinkt in Brüten, ein leises Mißtrauen ist wieder in ihm wachgeworden. Er befindet sich in der Gewalt des Alten, und dieser will ihn anscheinend noch längere Zeit hier behalten.

„Warum quälst Du Dich, Nabor. Du bist mein Gast und genießt meinen Schutz, in den Du Dich freiwillig begeben hast?"

Dann sagt der Alte: „Doch jetzt ist es an der Zeit, daß Dein Körper ruht."

Lichtenau nickt. Er empfindet plötzlich schwere Müdigkeit, nur mit Mühe erhebt er sich und legt sich auf ein Ruhebett, daß ihm der Alte anweist. In wenigen Augenblicken ist er in tiefen Schlaf verfallen.

Auch der Alte schließt die Augen, das Gesicht erstarrt zu einem Mumienantlitz. Stille herrscht im Raum, nur die Atemzüge Lichtenaus sind hörbar.

Lichtenau träumt. Er sieht vor sich den Alten, noch größer als in Wirklichkeit steht er vor ihm. Ihn umfließt ein weites weißes Gewand, auf dem Kopf trägt er einen erhöhten Kopfputz, von dem ein weißes Tuch auf die Schultern fällt. Das Gesicht ist das eines alten Mannes, von schlohweißem Bart umrahmt. Die Traumgestalt redet auf ihn ein in einer unverständlichen Sprache, sie scheint ihm Vorwürfe zu machen. Er wehrt sich dagegen. Da verändert sich das Gesicht, es wird hart und streng, die Augen schleudern Blitze. Immer näher kommt das drohende Gesicht. Lichtenau stöhnt im Schlafe. Wieder wandelt sich das Gesicht, es ist das des Alten. Einen demütigen Ausdruck zeigt es jetzt, der durch eine bittende Gebärde der Hände unterstrichen wird. Lichtenau wacht auf, eine vage Erinnerung an sein Traumerleben hält ihn noch eine Weile gefangen, dann nimmt er erstaunt seine Umgebung wahr. Er richtet sich auf und blickt um sich. Die Erinnerung kehrt zurück, sein Blick sucht den Alten. Vergebens. Er ist allein. Mit einem Sprung ist er auf den Füßen. Was hat das zu bedeuten? Er geht auf den schweren Vorhang zu und schlägt ihn zurück. Vor ihm steht der Alte. In den Händen hält er eine große Schale. Überrascht erblickt Lichtenau auf ihr Backwerk und Früchte aller Art. Der Alte stellt die Schale auf einen Tisch. Auch für frisches Getränk sorgt er: „Iß und trink, Lukomane", fordert er Lichtenau auf. Vorsichtig greift der Forscher zu. Der Wohlgeschmack des Gebotenen läßt ihn bald alle Vorsicht vergessen. Er ißt mit gutem Appetit. Still beobachtet ihn der Alte.

„Warum ißt Du nichts, Alter", fragt Lichtenau aufmerksam werdend. „Ich bedarf keiner irdischen Speise mehr."

„Wie ist das möglich?" fragt Lichtenau verblüfft.

„Die Lichtkraft Elohims erhält meine Hülle", antwortet der Alte ruhig.

Das ist undenkbar, er ist doch offenbar ein Mensch mit Fleisch und Blut. Zwar hat Lichtenau über Indiens Yogis gelesen, die in den Höhlen des Himalaya leben sollen und angeblich Jahrhunderte ihren Körper ohne Nahrungsaufnahme erhalten, aber er hat es sofort in das Reich der Phantasie verwiesen. Sollte der Alte die Wahrheit sprechen?!

„Weißt Du nicht mehr, Nabor, daß du ein Geistfunke Elohims, des Allvaters, bist?"

Lichtenau findet keine Antwort. Der Alte fährt fort: „Dieser Geist ist eingehüllt in einen elektro-magnetischen Körper, der Deinem äußeren Leibe gleicht. Wirst Du eins mit Deinem Innengeist, so überflutet sein Licht alle Reiche Deiner Seele und dringt in alle Zellen Deiner äußeren Hülle. Hat der Ewige in Dir seine Herrschaft angetreten, wirst Du niemals wieder Hunger und Durst, noch Kälte oder Müdigkeit empfinden."

Das Gesicht des Alten nimmt einen verklärten Ausdruck an, es verjüngt sich zusehends, aus den Augen bricht eine Lichtflut, seine Gestalt scheint aufzuleuchten. Fassungslos starrt ihn Lichtenau an. Der Alte ist eingehüllt in eine lichte Wolke, aus der flammenförmige Lichtstrahlen nach allen Seiten züngeln. Das Licht umschließt jetzt auch Lichtenau, plötzlich spürt er keine Schwere mehr. Ein ungeheures Glücksgefühl schwingt in ihm auf — unverwandt blickt er in die leuchtenden Augen — er ist losgelöst von seinem Ich und gibt sich ganz der Ausstrahlung dieses seltsamen Menschen hin. Alle Wünsche schweigen — kein Gedanke stört — kaum nimmt er den Atem wahr. Da verändert sich das Gesicht seines Gastgebers wieder. Es nimmt seinen gewöhnlichen Ausdruck an. Auch das Leuchten verschwindet, nur die Augen zeigen noch den entrückten Glanz. Leise klingt die Stimme auf: „Erkennst Du, Nabor, was Du verloren hast, als Du Dich abwandest von Elohim und ihm und Dir selbst untreu wurdest?"

Lichtenau schweigt. Er ist völlig benommen von dem Erleben.

„Glaubst Du mir jetzt, Nabor?"

Lichtenau nickt stumm.

„Dein Drang nach Wissen trieb Dich durch diese Erdenwelt. Überall forschtest Du und fandest nicht mehr als andere vor Dir." Lichtenau nickt wieder. Sein Gesicht nimmt einen bekümmerten Ausdruck an.

„Wisse, Nabor, das äußere Verlangen nach diesem Wissen war nur die innere Sehnsucht, eingegeben von Deinem Innengeiste, der heimkehren möchte in die lichte Welt seines Ursprungs.

Oft schon begegnete ich Dir auf den Wegen dieser Welt, doch Du hast mich nicht erkannt. Dein inneres Auge war geschlossen. Auch in Deinem jetzigen Leben weilte ich oft um Dich, unsichtbar Deinen irdischen Augen, und Lehuana half mir, den Wissensdurst in Dir zu entzünden und zu immer stärkerer Inbrunst anzufachen."

„Lehuana", wiederholt Lichtenau fragend.

„Die Lukomanin des Rayareiches gab Dir als Nabor die irdische Hülle, und sie gab sie Dir auch in Deinem jetzigen Leben."

„So ist sie meine Mutter gewesen", ruft Lichtenau bestürzt aus.

„Du sagst es. Sie ist hier. Schließe Deine Augen und mache Dich frei von allen Gedanken, so wirst Du sie erkennen und ihre Stimme hören."

Eine übernatürliche Stille breitet sich aus. Lichtenau schließt die Augen und es ist ihm, als sähe er neben dem Alten eine lichte Gestalt, die, gleichfalls von einer leuchtenden Aura eingehüllt, vor ihm steht. Zuerst vermag er in dem Leuchten nichts Näheres zu erkennen. Dann formen sich Konturen, er

sieht das Gesicht der Mutter. Liebe und Güte strahlen ihn an.
Da hört er ihre Stimme: „Erik, vertraue Huatami. Deinetwegen blieb er zurück im Erdreich. Er will Dich zurückführen, weil er Dich einst verstieß." Die Gestalt nähert sich Lichtenau. Eine helle Hand streichelt leicht über sein Haupt. Lichtenau fühlt es wie lauer Sommerwind. Da verblaßt die Gestalt, nur das Leuchten bleibt noch, bis auch dieses allmählich erlischt. Der junge Forscher ist zutiefst erschüttert. Er öffnet die Augen. Lange Zeit schweigen beide Männer. Kein Wort trübt den Eindruck der außergewöhnlichen Begegnung.

Nach einer Weile erhebt sich der Alte und geht in den hinteren Teil des Gemaches, dann tritt er wieder zu Lichtenau. Er reicht ihm einen breiten Goldring, auf dem, ovalförmig geschliffen, ein großer Rubin funkelt. „Nimm ihn, Nabor", sagt er, „Stecke ihn auf den Zeigefinger Deiner rechten Hand. Es ist ein Königsring, nur die Lukomanen der Atlanter trugen ihn."

Lichtenau betrachtet interessiert das Kleinod. Es ist eine hervorragende Goldschmiedearbeit. Der große Rubin ist von seltener Schönheit, in ihm ist ein Dreieck eingraviert. Fragend schaut er auf.

„Das Dreieck ist das Symbol des Auges Elohims", erklärt der Alte, und fortfahrend sagt er: „Die Lukomanen empfingen die innere Einweihung wie die Priester der Atlantis. Sie zählten zu den Erleuchteten, wenn sie es auch nicht immer waren."

Dem Forscher kommt seine Situation wieder zum Bewußtsein. Vergeblich versucht er mit seinem Verstand all das zu erfassen, was auf ihn eindringt. Ist das alles ein Traum oder ist es Wirklichkeit. Dieser Alte ist ein Mensch und doch umgeben ihn so viele Rätsel, deren Verständnis über Lichtenaus Begreifen hinausgeht. Wieder ist es, als hätte der Alte in der Seele des jungen Mannes gelesen, er sagt: „Grüble nicht, Nabor. Dein Bewußtsein ist noch klein, es wird begrenzt von Deinen fünf Sinnen. Gingest Du durch die Schule der Einweihung, könntest Du Dein Bewußtsein weiten. Deine inneren Sinne würden geweckt und Du würdest mit ihnen die anderen Reiche erkennen und erschauen. Aber dieser Weg ist nicht einfach, er braucht Zeit und Deine völlige Hingabe. Du erlebtest Lehuana, weil meine Kraft Dich zeitweilig heraushob aus Deiner Enge. Nun sollst Du Dein Leben als Nabor schauen, aber ich werde nichts dazu tun, damit Du nicht später in den Irrwahn verfällst, ich hätte Dir die Bilder eingegeben."

„Aber ich beherrsche doch gar nicht die Praxis der inneren Schau", wendet Lichtenau ein.

„Ich werde Dir ein Mittel geben, daß Dich aus Deiner Erdgebundenheit löst. Du wirst hinausgehoben werden über alle Begriffe von Zeit und Raum."

„Was ist das? Peyotl? Ich spürte seine Wirkung schon, doch weiß ich nichts Genaueres über seine Herkunft."

Der Alte schüttelt den Kopf. „Nein, nicht Peyotl", sagt er und fährt fort: „Peyotl ist der Saft des stachellosen Kaktus. Die alten Maya, die Nachkommen atlantischer Siedler aus dem Mayareiche, eines der zwölf Reiche des atlantischen Großreiches, die sich mit der Urbevölkerung mischten, haben das Wissen um diese Dinge weitergegeben. Damals zog das Volk dieses Landes hinaus, um in großen Prozessionen das 'Gottesfleisch', wie sie es nannten, heimzuholen. Feierlich wurde es in die Tempel getragen und für die großen Feste aufbewahrt. Doch Peyotl öffnet Dir nur für kurze Zeit das innere Auge und Deine Sicht ist begrenzt. Was ich Dir gebe, ist Sinikuiki. Es trägt Dich hinweg über lange Zeiten, es überbrückt Jahrtausende. Du wirst in Hüllen steigen, die Du einst getragen. Du wirst Leid und Freude fühlen und Zusammenhänge finden, die Dir sonst niemals mehr werden. Doch bedenke, nicht nur wissen sollst Du das, sondern leben, danach leben sollst Du. Die Geschehnisse jener Tage, wenn sie Dir klar werden, sollen Dir den Lebensweg erleuchten."

Durch Lichtenaus Gehirn schwirren tausend Gedanken. Was hat der Alte mit ihm vor. Will er ein Experiment mit ihm machen. Will er ihn wirklich zurückführen durch Jahrtausende. Lohnt es sich für ihn, diesen Versuch zu unternehmen. War das der Moment, von dem er oft geträumt, und wenn er nicht mehr erwachte, was dann. Ein wehmütiges Lächeln umspielt seinen Mund. Gibt es jemand, der um ihn weine. Gibt es einen, der ihn vermißt. Es gibt keinen.

„Gib, Alter", sagt er und schaut ihm voll ins Gesicht. Dieser hat die ganze Zeit vor ihm gestanden, keine Regung war ihm entgangen.

„Trink, Nabor. Bange nicht. Du wirst wieder erwachen. Du wirst nur den Weg nochmals durchwandeln, den Du schon einmal gingst."

Er läßt einige Tropfen in die vor ihm stehende Achatschale fallen. Interessiert sieht Lichtenau zu. „Bleibst Du bei mir, Alter?" „Ich bleibe in Deiner Nähe und schatte Dich ab, kein dunkles Wesen kann Dir nahen. Sei ohne Furcht. Denke konzentriert den Namen — Nabor — und Du wirst es sein."

Der Alte vollführt über Lichtenau ein segnendes Zeichen. Wieder empfindet er die übernatürliche Stille. Ein Weilchen sitzt er unbeweglich. Diese Stille hüllt ihn ein wie ein schützender Mantel. Dann greift er nach der Schale und trinkt. Augenblicklich weicht alle Schwere von ihm. Er scheint zu schweben — ein leiser Ruck — er beginnt ins Wesenlose zu gleiten. Die Wände des Gemaches verschwimmen in einem hellen Licht.

* * *

40

Weite Fensteröffnungen, von geschwungenen Säulen umrahmt, geben den Blick frei in einen weiten Säulenhof, in Sonnenglanz getaucht. Der Vorhang bewegt sich. Ein hochgewachsener Mann, in ein langes rotseidenes Gewand gekleidet, tritt herein. Er legt die rechte Hand auf sein Herz und
verneigt sich tief.

„Wer bist Du?"

Ein lichtes Erstaunen zeigt sich im Gesicht des Angeredeten,
dann erwidert er: „Ekloh, dein Kämmerer, Herr."

Leicht streift sich Nabor über die Stirn: „Ich träumte, Ekloh."

„Der Palastherr Mamya ist in der Halle, Herr. Er will Dich
zum Tempel geleiten. Die Lukomanin Maya wartet Deiner."

Nabor erhebt sich, er sieht an sich herab. Irgendwie kommt er
sich fremd vor in dem Prunkgewand, daß ihn einhüllt. Da vermißt er den Ring. Suchend sieht er sich um.

„Was suchst Du, Herr", fragt der Kämmerer.

„Den Ring mit dem großen Rubin. Ich trug ihn − − −?"

Ekloh betrachtet lächelnd seinen jungen Herrn. „Du bist
noch in Deinem Traume befangen, Herr. Der Königsring
schmückt erst den Gemahl der Lukomanin."

Nabor nickt. Sein Blick ist noch traumverloren. Die Rechte
wischt über die Augen. Er richtet sich in seiner ganzen Größe
auf und schüttelt die blonden Haare aus der Stirn. Ein Wink,
der Kämmerer geht. Wieder schiebt sich der Vorhang beiseite,
der Palastherr steht vor ihm.

„Sei gegrüßt Nabor, Sohn Ebors, des großen Lukomanen des
Rayareiches. Meine Herrin, die Lukomanin der Maya, entbietet Dir feierlichen Gruß. Sie erwartet Dich im Tempel Elohims, um vor seinem Angesichte, sich mit Dir zu vereinen."
Nach tiefer Verneigung fährt Mamya fort: „Sechs Königssöhne werden Dich nach altem Brauch zum Tempel geleiten."

Langsamen Schrittes verläßt Nabor das Gemach. Froher Zuruf der Königssöhne begrüßt ihn in der Halle. Das Wiedersehen mit ihnen, ihre ehrliche Freude, löst Nabor. Mit warmer Herzlichkeit schüttelt er ihnen die Hände. Jetzt tritt der spottlustige Arel von Baya vor und hält ihm eine launig-feierliche Ansprache: „Großmächtiger Herr und Gebieter der schönen Maya und ihres Reiches. In Ehrerbietung neigen sich unsere bekümmerten Häupter, daß Du es vermochtest, Dich aus unseren Freundesarmen zu lösen, um einem Weibe anzuhangen. Oh, glaube nicht, daß wir Dir zürnen, doch wisse, Verwegener, Du gehst einen gefährlichen Weg, denn leichter ist es, ein wildes Roß zu bändigen, als eines schönen Weibes launisches Herz."

Nabor lacht hell auf. „Keine Sorge, Gefährte meiner Jugend, immer wird Euch Ebors Sohn die Treue halten, die Ihr ihm bezeugt", und mit leiserer, etwas befangener Stimme fügt er hinzu, „auch Maya, deren stolzes Herz mich erkor, wird Euch ehren als meine Freunde." Hin und Her fliegen die Scherzworte. Nabor wehrt sich, so gut es geht, da kommt ihm der Palastherr zu Hilfe.

„Es ist hoch an der Zeit, Herr. Soeben verkünden die Wächter auf den Türmen der Sonne höchsten Stand. Die Herrscher Eya-Eyas sind im Tempel versammelt." Von draußen dringt der Klang der Hörner herein.

Nabor nickt mit ernstgewordenem Gesicht. Ein Ahnen überkommt ihn, daß die Macht und der Glanz, die ihm zufallen werden, das Ende seiner sorglos unbekümmerten Jugend bedeutet. Wie schön war das Leben im Königspalast in Rayagard. Mit dem Bruder und den Freunden tollte er umher, er lernte die feurigsten Pferde reiten, er jagte mit dem Viergespann durch die Arena, umjubelt vom Volke. Er saß zu Füßen der geliebten Mutter Lehuana, deren Liebling er war, wenn die Königsbarke, von Ruderern bewegt, auf verzweigten Ka-

42

nälen durch die wundervolle Landschaft zog. Wie schön war doch die Heimat. Orangen-, Kastanien- und dunkelgrüne Olivenwälder wechselten mit weiten Wiesenflächen in vierfarbigem Blumenschmuck. Tiere aller Art weideten friedlich und gemächlich. Und nun soll er König werden an der Seite der schönsten Frau, die je auf einem Throne Eya-Eyas gesessen, Maya, der Erbin des Mayareiches. Öfters sah er sie in Begleitung ihres Vaters, des alten Lukomanen Petyu. Sein Vater Ebor und Petyu waren gute Freunde gewesen. Sie hatten immer eng zusammengehalten, hatten Freud und Leid ihres Lebens miteinander getragen. Wie nahe war dem Vater der Tod des einzigen Sohnes des Freundes gegangen, der bei einem Wagenrennen stürzte und den Verletzungen erlag. Dem alten Petyu brach dieser Tod das Herz, er überwand den Schicksalsschlag nicht. Auch die Sorge um die Zukunft seines Reiches hatte ihn gequält. Wohl hatte er die Tochter, die, herrlich erblüht, mit fast männlichem Verstande und Tatkraft den Müdgewordenen unterstützte. Aber er hatte gewußt, weder der Priesterkönig — der Loki — noch die anderen Könige würden die Herrschaft einer Frau im Mayareiche zulassen, und so hatte er seinen Freund Ebor um dessen zweiten Sohn Nabor als zukünftigen Gemahl seiner Tochter gebeten. Trotz der Warnungen Lehuanas, die in der Verbindung ihres Lieblingssohnes mit der selbstbewußten Mayatochter eine Gefahr sah, hatte er Ebors Zustimmung erhalten. Auf seinem Sterbebette nahm Petyu der Tochter das Versprechen ab, Nabor als Gemahl anzunehmen und ihm die königliche Macht zu übergeben. Wohl hatte es Maya versprochen, doch ihr Selbstbewußtsein lehnte sich auf. Sie wollte allein Herrin des Reiches sein. Durch Gesandte und reiche Geschenke hatte sie versucht, die anderen Könige ihrem Plan geneigt zu machen, doch überall war sie auf freundlich-erstaunte Ablehnung ge-

stossen. Seit den Tagen der ersten zwölf Könige hatten nur
Männer die Geschicke Eya-Eyas gelenkt. Der Gedanke, daß
ein junges Weib, auf ihr Geburtsrecht pochend, sich anmaß-
te, den Thron der Maya zu besteigen, war ihnen lächerlich
und unmöglich erschienen. Doch die stolze Maya hatte sich
nicht zufriedengegeben. Durch einen ihr ergebenen Priester
hatte sie es beim Loki versucht. Die Antwort war von lakoni-
scher Kürze gewesen und hatte einem Befehl geglichen: „Du
hast einem Sterbenden einen Eid geschworen. Du wirst
diesen Eid halten und Nabor, den Sohn des Ebor, zum Lukomanen des Mayareiches annehmen. Brichst Du den heiligen
Eid, wird Nabor Herrscher des Landes und Du wirst den
Amazonen eingereiht. Das ist mein Wille. Gehorche oder die
Tage Deines Glanzes sind gezählt."
Für jeden anderen Menschen der Atlantis wäre diese Antwort
des allmächtigen Loki niederschmetternd gewesen. Maya ver-
härtete sie nur in ihrem Trotz. Unaufgefordert war sie mit
glänzendem Gefolge zu dem jährlichen Zusammentreffen
der Könige mit dem Priesterkönig in Bayagard, der Haupt-
stadt des Bayareiches, erschienen. Sie wollte an dieser Zusam-
menkunft, die in der Nacht der Tag- und Nachtgleiche im
Tempel stattfand und auf der die Könige die Richtlinien des
Loki für das kommende Jahr empfingen, als vollberechtigte
Vertreterin ihres Reiches teilnehmen. Doch der Priesterkönig
hatte ihr den Zutritt verweigert. Er begegnete ihr mit eisiger
Kälte und forderte nochmals die Einlösung des Eides. In rasender Wut war Maya zurückgejagt. Sie wollte nicht nachge-
ben. Erst die ernsten Vorhaltungen ihrer erfahrenen Palastherren hatten sie endlich bewogen, dem Lukomanen Ebor
eine schmeichlerische Botschaft zu übersenden, worin sie
ihre Bereitschaft zu einer Vereinigung mit seinem Sohne
Nabor bekundete.

Nun ist der Tag der Vermählung gekommen. Mit seinen Eltern war Nabor in Mayagard eingetroffen, alle Großen Eya-Eyas kamen mit ihren Frauen und Gefolgsleuten. Nur der Loki fehlt. Er verläßt niemals die Tempelburg in Bayagard. Er hat den Oberpriester Tenupo gesandt, der die beiden Königskinder zusammengeben und ihnen seinen Segen übermitteln soll. Alles ist froh, daß ein ernstes Vorgehen gegen die unbotmäßige Mayatochter durch ihre Umkehr vermieden werden konnte. So ist dieser Hochzeitstag ein Freudentag für ganz Eya-Eya.

Das alles geht Nabor durch den Kopf. Er hört wieder die Worte der besorgten Mutter: Bleibe, der Du bist, mein Sohn. Beherrsche Dich und halte Dich rein. Meide den Wein und versuche Deinem Weibe ein guter Freund zu sein.

Die Gesellschaft in der weiten Halle ist still geworden. Alles blickt auf Nabor. Arel von Baya hält es nicht länger. „Er träumt wieder, unser großer Nabor." Ziemlich derb schlägt er dem Freunde auf die Schulter. Brüsk aus seinem Sinnen gerissen, schaut sich Nabor wie fremd im Kreise um. Schallendes Gelächter hallt ihm von allen Seiten entgegen. Er faßt sich, winkt dem Palastherrn Mamya und verläßt, gefolgt von den anderen, die Halle. Vor der breiten Treppe des Palastes warten die Viergespanne. Nur mit Mühe können die sehnigen Roßlenker die Pferde halten, die ungeduldig an den Leinen zerren.

Ein einziger Jubelschrei der harrenden Menge brandet Nabor entgegen. Die Sonne steht im Zenit, sie vergoldet mit ihrem Glanze das wunderschöne Bild, das sich ihm darbietet. Ihre Strahlen brechen sich in den großen Türkisen und Saphiren, die an den Außenwänden der marmornen Paläste und Häuser angebracht, wahre Strahlenbündel nach allen Seiten senden. Auf den Türmen der Paläste blasen die Hörner, dazwischen erklingen von den Dächern der Häuser die feinen Töne der Windharfen wie Sphärenmusik. Die breiten Straßen, von Palmen umsäumt, sind bedeckt mit einem Blumenteppich und ein wahrer Regen von Blumen erlesener Schönheit ergießt sich über die langsam fahrenden Viergespanne.

Nabor ist glücklich, die trüben Gedanken sind wie fortgeweht, seine Jugend bricht durch. Froh winkt er nach allen Seiten, fängt Blumen auf und wirft sie zurück, jedesmal einen lärmenden Jubel auslösend.

Der Zug hält vor dem Tempel. Ein mächtiger Rundbau, ebenfalls aus weißem Marmor erstellt, vier schlanke Türme ragen an den Seiten in die Höhe. Um den Tempel erheben sich in überlebensgroßen Figuren die Statuen der ersten zwölf Königspaare. Mit Dächern aus massiven Goldplatten und Edelsteinverzierung an den Wänden, funkelt und gleist er im Sonnenlicht.

Weit sind die großen Tore zum Vorhof geöffnet. Auf den Stufen der breiten Freitreppe stehen zu beiden Seiten Priester und Priesterinnen in ihren langen Seidengewändern. Ein goldener Stirnreif, in der Mitte mit einem vierzackigen Stern — dem Zeichen des Lichtes — verziert, hält das Kopftuch, das in Falten auf die Schultern fließt.

Auf der Treppe stehend, dankt Nabor nochmals für die Huldigungen der Menge. Leicht zögernden Schrittes betritt er den Vorhof und steht einer festlichen Versammlung gegenüber. Die Lukomanen in vielfarbigen, edelsteinbesäten Gewändern, die Frauen oft in durchsichtigem, silberdurchwirktem Schleierstoff, der das herrliche Ebenmaß ihrer Glieder mehr enthüllt als verhüllt. Kostbares Geschmeide an Haupt, Händen und Armen, manch schlanker Knöchel von goldenem Fußring umschlossen, aufblitzend im Reichtum der Juwelen. Dazu das Gefolge der Palastherren, Kämmerer und

Frauen in ihrem Festschmuck. Weißgekleidete, blumenbekränzte Knaben und Mädchen stehen bereit, die uralten Hymnen zum Preise Elohims ertönen zu lassen. Dahinter die Flöten- und Schalmeienbläser, die Harfen- und Cymbelspieler, die Hornbläser, und an der einen Wand ein orgelartiges Instrument mit wenigen goldenen, großen Flöten, das der atlantischen Musik die verbindende Note gibt.

Nabor tritt auf seine Eltern zu. Der alte Lukomane Ebor zieht den Sohn bewegt in seine Arme, die Mutter haucht einen Kuß auf die Stirn ihres Lieblings. Den Lukomanen erweist Nabor die schuldige Ehrerbietung. Die Rechte auf das Herz gelegt, der gebräuchliche Gruß, verneigt er sich vor ihnen.

Schwer seidene Vorhänge, die den Innenraum des Tempels abschließen, öffnen sich. Betäubender Ambraduft breitet sich aus. Junge Priester bilden eine Gasse. Feierliche Musik klingt auf. Nabor zieht mit den Königssöhnen in den inneren Tempel ein.

Der hohe, weite Raum ist in der Mitte durch Vorhänge geteilt. Weiche Teppiche, darin der Fuß versinkt, bedecken den Marmorboden. Dämmriges Licht fällt von oben herein. Ein mystisches Halbdunkel herrscht, in dem nur die weißen Gewänder der Priester leuchten. An den Seiten glimmen Holzfeuer auf den Schalen goldener Dreifüße, die zeitweilig aufglühen, wenn von Priesterhand Räucherwerk zum Verbrennen gebracht wird.

Unschlüssig und etwas beklommen bleibt Nabor stehen, seine Begleiter gruppieren sich um ihn.

Der mittlere Vorhang bewegt sich, ein alter Priester erscheint. Er hebt beide Hände zum Segensgruß, eine sonore Stimme tönt zu den Wartenden: „Elohim segne Deinen Eintritt, Nabor." Näher tritt der Alte und Nabor erkennt in ihm den Oberpriester Tenupo, den Gesandten des Loki. Voller Ehrfurcht neigt er sich vor dem würdigen Greis. Ein weißer Bart umrahmt das Gesicht, aus dem gütige Augen dem jungen Manne Mut zusprechen.

Wieder hebt Tenupo die Hände und läßt sie an Nabor herabgleiten. Dieser fühlt sich eingehüllt in einen wärmenden Kraftstrom, der ihn zu tragen scheint. Dreimal vollführt der Priester die Gebärde, seine Lippen murmeln kaum hörbar: „Das Licht Elohims erfülle Dich! Das Licht Elohims hülle Dich ein!"

Die Unterpriester schüren die Holzfeuer auf den Dreifüßen. Dichte Wolken von Ambraduft steigen auf. Der würzige Duft benimmt Nabor fast den Atem.

Der Greis tritt zurück. Auf seinen Wink schließen die Unterpriester die Vorhänge zum Vorhof.

„Hüllet ihn in den Königsmantel", wendet sich Tenupo an die Königssöhne. Zwei Unterpriester reichen ihnen einen weiten, azurblauen Seidenmantel, auf dessen Kantenverzierungen Rubine ihr rotes Licht auffunkeln lassen. Zwei Königssöhne legen Nabor den Mantel um die Schultern.

„Neige das Haupt, Nabor, und empfange den Königsschmuck", gebietet der Greis.

Zwei andere Königssöhne legen das dreifach gefaltete Königstuch um Nabors Kopf und befestigen es mit einem Mosaikband aus Rubinen und Türkisen.

Die Musik im Vorhof schwillt an, jubelnde Harmonien beginnen zu klingen, die Chöre setzen ein, eine Hymne rauscht auf.

Das höchste Symbol des Lukomanen — der Königsring — wird auf goldener Platte gebracht und Tenupo überreicht. Es ist ein breiter, schwerer Goldring, auf dem ein vogeleigroßer Rubin befestigt ist. Den Ring in der Linken, tritt der Greis auf Nabor zu.

Feierliche Stille herrscht, auch die Musik ist verstummt. Die Anwesenden halten den Atem an, der große Augenblick ist gekommen — die Erhebung Nabors zum Lukomanen.

Die Stimme Tenupos erfüllt den Raum:

„Nabor, Elohim gibt Maya, des Petyu Tochter, in Deine Hand. Elohim erhebt Dich zum Herrscher der Maya und reiht Dich ein zu seinen ersten Dienern. Versprich in Deinem Herzen, die Gebote zu achten, damit du Dich dieser großen Gnade würdig erweisest."

„Ich verspreche es", fast tonlos kommt die Antwort.

„So reiche mir die Hand." Die magere Hand des Greises umschließt Nabors Rechte mit festem Druck. Tenupos Augen strahlen auf. Sein Blick ist durchdringend — lange Minuten verstreichen — atemlose Stille schwingt durch die Tempelhalle. Ruhig erträgt der junge Mann den forschenden, zwingenden Blick. Nun zieht Tenupo Nabors Haupt zu sich und küßt ihn auf die Stirn, dann steckt er ihm den Königsring auf den Zeigefinger der rechten Hand.

„Dein Herz ist rein, Nabor. Dein Gelübde ist gehört und angenommen. Wandle stets auf den Wegen Elohims. Er wird Dich erleuchten und Du wirst sein Licht schauen. So wird das Dreieck auf Deinem Königsring aus äußerem Symbol zur inneren Wahrheit werden."

Nabor ist überwältigt, müsahm ringt er um Fassung. Zuviel ist auf ihn eingestürzt in den letzten Tagen, die sein Schicksal so umwälzend wandelten.

Wieder blüht herrlicher Chorgesang im Vorhof auf. Posaunen und Schalmeien fallen ein.

Tenupos Blick umfaßt noch einmal den jungen Herrscher. Er empfindet die Erschütterung Nabors und er nimmt sich vor, ihn an sich zu ziehen und ihm zu helfen, sein Amt durchzuführen. Dann wendet er sich dem mittleren Vorhang zu, sofort wird dieser von Unterpriestern auseinandergezogen.

Vor ihnen steht Maya, angetan mit dem gleichen Königsmantel, umgeben von Königstöchtern und Priesterinnen. In stolzer Schönheit steht sie da. Ihr rotblondes Haar ist ihre Krone, in dem eine einzige Perle ruht. Ihre großen grünschillernden Augen erinnern an das Meer.

Nabor ist versunken in diesen wundervollen Anblick. Wie eine Göttin erscheint sie ihm. Unwillkürlich macht er einen Schritt auf sie zu. Mayas Blick tritt den seinigen. Tiefe Bewunderung leuchtet ihr entgegen. Da löst sich in ihr letzte Härte. Mit innerem Widerwillen hat sie den Tempel betreten, stumm alle Zeremonien über sich ergehen lassen. Dieser Tag erschien ihr als letzte Besiegelung ihrer Niederlage. Ihr Stolz ist aufs Tiefste verletzt, mühsam hat sie sich zu einem Lächeln gezwungen. In allen Augen sieht sie Hohn.

Immer wieder hat ihr Vertrauter, der Palastherr Mamya, sie beruhigt, wenn sie in ihren prunkvollen Gemächern ihrer ohnmächtigen Erbitterung freien Lauf ließ. „Nabor ist ein Träumer, Herrin. Es wird Dir leicht fallen, ihn Dir gefügig zu machen. Du wirst wie bisher herrschen und der hübsche Junge wird Dir dankbar sein, wenn Du ihm die Last abnimmst. Er erkannte noch keine Frau. Du wirst die Erste sein. Er wird Dich anbeten. Sei klug, Herrin und nutze Deine Schönheit."

Und nun steht Nabor vor ihr, in königliche Pracht gehüllt. Sein Gesicht ist freudig erregt, seine Augen sprechen klar und eindeutig. Wärme und Bewunderung wallen ihr entgegen und hüllen sie ein. Wie schön er ist — geht es ihr durch den Kopf. Ich glaube, ich könnte ihn lieben.

Lange stehen die beiden Menschen im gegenseitigen Anblick versunken. Da tritt Tenupo hinzu, er nimmt ihre Hände und legt sie zusammen. Und er enthüllt ihnen letztes Geheimnis: „Vereinet Euch wieder, die Ihr schon einmal ein langes Menschenleben in Liebe und Treue verbunden, zum Wohle Vieler, Euren Weg ginget. Gedenket immer dieser heiligen Stunde, wo Euch die Gnade Elohims wieder zusammengibt. Löschet aus in Euren Herzen das Ich, lebet im Du, so wird Euer Weg überstrahlt sein vom Glanze des Lichtes. Der Segen Elohims sei mit Euch auf allen Euren Wegen."

Nabors gläubiges Herz nimmt die Worte des Greises willig in sich auf, auch Maya kann sich ihrem Eindruck nicht entziehen. Ein weiches Lächeln verklärt das schöne, stolze Gesicht, in ihr blüht ein wärmendes Gefühl auf. Beglückt bemerkt Nabor die Veränderung.

„Maya", stammelt er, „Maya, mein Weib." Er zieht sie an sich und zum ersten Male berühren sich ihre Lippen.

Tenupo hält segnend seine Hände über ihren Häuptern. Große Güte leuchtet in seinem Gesicht.

Über Mayas Antlitz schlägt eine Glutwelle. Befangen blickt sie auf, doch dann fühlt sie die Hand des Gemahls, das gibt ihr die Sicherheit zurück. Die Vorhänge zum Vorhofe öffnen sich. Unter Vorantritt der anderen Königskinder und gefolgt von Tenupo, den Priestern und Priesterinnen, verläßt das Paar den inneren Tempel. Im Vorhof empfangen sie die Segenswünsche der Eltern, der Edlen von Atlantis und der anderen Gäste.

Umrauscht von den Klängen jubelnder Harmonien, mit denen sich Chorgesang zu seltenem Wohlklang verbindet, treten Nabor und Maya durch das Tempeltor. Geblendet vom Glanze der atlantischen Sonne schließen sie beide einen Augenblick lang die Augen. Orkanartiger Jubel der wartenden Menge schlägt ihnen entgegen und vermischt sich mit den Klängen der Hörner. Langsam schreiten sie die große Freitreppe hinab.

Auf dem Tempelvorplatz angekommen, wendet sich Nabor

zurück. Im weitgeöffneten Tempeltor steht der greise Tenupo, die Arme zum Segensgruß erhoben. Nabor läßt Mayas Hand los und erwidert den Gruß. In der Lukomanin will Unmut aufkommen. Sie liebt die Priester nicht und wehrt sich innerlich gegen ihren Einfluß, doch der Augenblick siegt.

Stolz, hoch und schlank ziehen sie durch die Straßen, vor ihnen blumenstreuende Kinder, umtost von der Freude des Volkes, bis zu ihrem Palast. Dort findet das Königsmahl statt. Tagelang umrauschen Festlichkeiten das junge Paar, so daß sie wenig zueinander kommen. Für Nabor sind diese Tage wie ein unwirklich schöner Traum. Auch Maya ist glücklich, sie scheint völlig gelöst. Ihr Gemahl weicht ihr kaum von der Seite und ist immer bemüht, sie in den Mittelpunkt zu stellen, während er sich selbst zurückhält.

Das Glück ihres Lieblings hat auch Lehuanas Bedenken abzuschwächen vermocht, so fällt der Abschied von Maya herzlicher aus.

* * *

Die Sonne strahlt auf die goldenen Dächer Mayagards und läßt sie erglänzen wie Miniatursonnen.

Draußen brandet das Meer an die Ufer, dazwischen drängt sich eine Blütenfülle paradiesischer Pracht. Magnolienbäume schütteln ihre Blüten ab und besäen die weiten Wiesen mit ihren weißen, weichen Blättern wie einen Teppich.

Maya, die junge Lukomanin, schreitet leichtbeschwingt darüberhin. Sie tänzelt mehr, als sie geht. Glück ist in ihren Augen. „Nun brauche ich nicht mehr feierlich zu schreiten", lächelt sie in sich hinein, „Nabor muß es tun. Auf Nabors Schultern ruht die Last." Etwas verdunkeln sich ihre Augen, dann tänzelt sie weiter. Ein kleiner Affe springt ihr beinahe über die Füße, dann bleibt er sitzen und bewirft sie mit einer Nuß. Sie beugt sich über ihn und schaut ihm in die listigen

52

Augen. Da springt er mit einem kreischenden Ruf von ihr weg und sie läuft weiter zum Meer. Steil fällt die Küste ab, schäumend springen die Wogen über einzelne Felssteine, die aus dem Meere hervorragen.

Mayas Fuß stockt plötzlich. Wer sitzt da draußen auf dem großen Fels. Kein Zweifel, es ist Nabor. „Merkwürdig", sagt sie, „einsam auf einem Fels sitzt Nabor, einsam — —." Doch die Sonne umspielt ihn und nun hat er sie erkannt und winkt freudig. Er besteigt seinen Nachen, gibt ihr ein Zeichen und sie läuft weiter an der Küste entlang, wo einer von den vielen Kanälen, die atlantische Kunst gebaut, in das Meer mündet. Dort erwartet sie ihn. Mit gewaltigen Stößen rudert er näher. Er trägt ein weißes Gewand ohne Ärmel. Die Armspangen lassen das Spiel seiner Muskeln erkennen.

„Weshalb hast Du keinen Knaben mitgenommen?", ruft sie ihm entgegen.

„Was soll ich mit einem Knaben", antwortet er, „er hätte mich gestört."

Das Fahrzeug hält. Sie springt behende hinein, gerade in seine Arme, die sie heftig umfangen.

„Ist die Königin glücklich", fragt er sie festhaltend.

„Sie ist es, Nabor." Er rudert weiter, der Kanal führt in das Wassertor der Asgard. Da verschwinden sie. Hinter dem Tor erwarten sie die diensttuenden Palastknaben.

Hand in Hand, wie zwei Kinder, betreten sie das Gemach der Lukomanin. Sie treten zu einem Tischchen und Maya nimmt aus einer Alabasterschale ein holzgeschnitztes Etwas. Sie hält es Nabor hin und fragt: „Was mag das sein? Ich habe es vor einigen Tagen am Strand gefunden, anscheinend wurde es angespült."

Nabor betrachtet es von allen Seiten, dann sagt er: „Es ist ein holzgeschnitztes Götterbild primitiver Völker. Wirf es fort,

Maya. Fremde Götter bringen kein Glück."

Sie nimmt es ihm wieder ab und betrachtet es aufmerksam.

„Ach was, Nabor, es ist doch kein Gott, es ist nur ein Bildnis, vielleicht meldet sich der, dem es gehört." Und sie trägt es zu einem goldenen Schrein, der mit roter Seide ausgefüttert ist und legt es behutsam in eine Ecke.

Nabor sieht ihr kopfschüttelnd zu, aber er wird jeder weiteren Bemerkung enthoben. Die Vorhänge teilen sich und herein treten zwei Palastknaben mit Schalen voller Früchte jeder Art. Maya klatscht in die Hände. „Komm, Nabor, das wird uns guttun nach unserem Morgenspaziergang." Sie sitzen wie zwei Kinder beieinander, die sich neckend etwas entreissen und sich wieder neckend etwas zuschieben.

Der Vorhang öffnet sich erneut, ein blonder hochgewachsener Junge steht im Gemach. Nabor blickt auf.

„Der Palastherr Mamya bittet vor Deinem Angesicht zu erscheinen, Herr", meldet der Knabe.

Des Lukomannen Züge werden ernst. Was will Mamya zu dieser Stunde. Fragend blickt er Maya an. „Laß ihn kommen, Nabor, wir werden hören, was er bringt", erwidert sie. Der Lukomane nickt zustimmend.

Mamya tritt ein. Er verbeugt sich vor dem jungen Paar. Nabor mag ihn nicht so sehr, er ist ihm zu geschmeidig. Zu vorsichtig und gewählt ist seine Rede. Mamya empfindet die kühle Zurückhaltung des Lukomanen und versucht mit großer Diensteifrigkeit die Gunst Nabors zu gewinnen. Fast schroff fragt dieser: „Was führt Dich hierher, Mamya?"

Mit pathetischem Tonfall antwortet der Palastherr: „Etwas Furchtbares ist geschehen, Herr. Der Lukomane des Wayareiches, Kaana, hat im trunkenen Zorn seinen Bruder erschlagen."

Ein entsetzer Aufschrei, Maya ist aufgesprungen. Ein Mensch

54

getötet — unfaßbar — niemals bisher geschah so Ungeheures.

Auch der Lukomane hat sich erregt erhoben. Mit bleichem Antlitz ruft er: „Das kann ich nicht glauben, Mamya. Du treibst bösen Scherz."

„Der Gesandte Deines Vaters ist in der Halle, er wird Dir die Wahrheit meiner Wort bezeugen, Herr."

„Hole ihn, ich will ihn sehen", bringt Nabor hervor.

Einige Augenblicke später kehrt Mamya mit dem Gesandten zurück, einem älteren Mann mit seltsam ruhigen Bewegungen und stillen Augen. Bescheiden wartet er, bis der Lukomane das Wort an ihn richtet.

„Laß uns die Botschaft meines Vaters hören", fordert ihn Nabor auf.

Eine leise Stimme schwingt im Gemach, sie scheint die Kraft zu haben, die erregten Gemüter zu beruhigen.

„Der Lukomane Ebor sendet Dir väterlichen Gruß und Segen." Bei der Nennung des verehrten Namens verneigt sich der junge Herrscher unwillkürlich.

Der Gesandte fährt fort: „Im Trunke überwältigt von den finsteren Dämonen des Schattenreiches hat Kaana, der Lukomane der Waya, in zornigem Grimme den lichtvollen Jüngling Ebale, seines Blutes Bruder, erschlagen. Nie zuvor geschah so große Mißetat in den glückhaften Reichen Eya-Eyas, wo Menschen und Tiere sich im Frieden der Gnade Elohims erfreuen. Rüste Dich, Sohn, und ziehe gegen Bayagard. Der Loki, der große Huatami, ruft die Könige Atlantis zum großen Rat, in der heiligen Lichtnacht, in den Tempel. Übermittle Deinem Weibe meinen Gruß." Der Gesandte schweigt.

Nabor ist tief betroffen. Er fühlt in sich, daß diese furchtbare Tat schweres Unheil über Atlantis bringen wird. Heilig ist den Atlanter das Leben des Bruders, selbst die Tiere genießen weitgehendsten Schutz. Darum sind sie ohne Scheu und friedlich leben nebeneinander Panther und Rind. Und jetzt ist Blut geflossen, kostbarstes Menschenblut. Nabor faßt sich mit beiden Händen an den Kopf, er kann es noch nicht fassen. Maya sitzt bleich, mit verstörrten Augen auf dem Ruhebett. Auch sie empfindet das Unerhörte der Tat und leichte Schauer jagen ihr über den Rücken, ihre Lippen beben. Sie schaut zu Nabor, der erregt auf und ab läuft. „Was wird der Loki tun", mehr zu sich selbst hat Nabor gesprochen. Mayas Gesicht gewinnt die Farbe zurück. Ihre Augen verdunkeln sich, um den Mund legt sich ein abweisender Zug. Kalt antwortet sie: „Die Macht Huatamis ist nicht groß genug, dem Erschlagenen das Leben zurückzugeben."

Nabor bleibt stehen und sieht erstaunt sein Weib an.

„Was sprichst Du da, Maya", entfährt es seinem Mund. Er blickt in ein hochmütiges Gesicht, das ihm fremd ist. Ist das seine Maya, die weiche, kosende, die er so sehr liebt? Eine eisige Hand faßt ihm nach dem Herzen. Mit dieser stolzen Frau, die mit kalter Verächtlichkeit spricht, verbindet ihn nichts.

Eine frostige Stimmung herrscht in dem prächtigen Gemach. Gewandt schaltet sich Mamya ein: „Der Loki wird dem Rat der Lukomanen die Botschaft Elohims verkünden, wie es sein hohes Amt verlangt." Spöttisch schürzt Maya die Lippen, aber sie schweigt.

Nabor ist an eine Fensteröffnung getreten. Sein Blick sucht die Weite des blauen Himmels. Die Veränderung Mayas und ihre Worte haben ihn bis ins Innerste getroffen. Von gläubigen Eltern aufgezogen in tiefer Ehrfurcht vor Elohim und seinem Mittler, dem Priesterkönig, der ihm immer wie ein Halbgott erschienen war, rissen Mayas Worte ihn in einen Zwiespalt. Glaube und Liebe ringen miteinander. Zweifellos ist der Loki ein Mensch, aber er lebt völlig zurückgezogen in sei-

ner Tempelburg in Bayagard. Nur einmal im Jahre werden die
Lukomanen seiner ansichtig, wenn er mit ihnen Rat hält und
ihnen im entrückten Zustande die Gebote des Lichtgottes verkündet. Mit leiser Stimme — als würde eine Entweihung befürchtet — wurde im Königspalast zu Rayagard von dem Loki
gesprochen. Der Vater, weit und breit geachtet und geliebt wegen seiner Gerechtigkeit und Hilfsbereitschaft, hatte beim
Abschied gesagt: „Halte dem Loki die Treue, er weiß mehr als
wir. Er hütet das Glück Eya-Eyas. Niemand vermag das außer
ihm, denn ihn erleuchtet das Licht Elohims." Maya ist jung —
meldet sich eine andere Stimme. Er kennt Mayas Kampf um
die Anerkennung ihrer Herrschaftsansprüche. Er weiß, wie
sehr Mayas Stolz gelitten hat. Noch scheint Verbitterung in
ihr zu weben, aber seine Liebe hat sie doch so glücklich gemacht? Ich werde ihr helfen, denkt er weiter, ich werde alles
tun, um ihr Leben in Licht und Liebe einzuhüllen. Innere Bewegung zuckt in dem jung-männlichen Gesicht. Er wendet
sich um, tritt zu seinem Weibe und läßt sich neben ihr nieder.
Freundlich sagt er: „Lassen wir das, Maya. Wir sind nicht berufen darüber zu richten, was des Priesterkönigs Werk ist."
Von Mayas Gesicht weicht die Starrheit, ein Lächeln blüht
auf. Unmerklich schmiegt sie sich an den Gemahl. Nabor
wendet sich an den Palastherrn: „Mamya, bereite eine königliche Unterkunft, wie sie dem Gesandten meines Vaters ge-
bührt."
Mit Dankesworten verläßt der Gesandte mit Mamya das Gemach. „Geliebte", innig umschlingt Nabor sein schönes
Weib. Seine Rechte streicht leicht über ihre üppige Haarkro-
ne, seine Lippen hauchen zärtliche Küsse auf ihre Augen und
suchen den Mund. Wohlig läßt sich Maya einhüllen in Wogen weicher Zärtlichkeit. Ihre zarten Hände liebkosen, ihr
voller Mund gibt sich dem Werben des Mannes. Ihre jungen

Herzen schlagen zusammen. Die erste Disharmonie ihrer Ehe ist vergessen.

Der Tag der Abreise Nabors ist gekommen. In der großen Halle warten Palastherren und Kämmerer auf das Erscheinen des Lukomanen.

„Der Herr ist im Gemach der Königin", flüstert Ekloh dem Palastherrn Mamya zu. Dieser lächelt fein. Maya wird dem Gemahl noch letzte Anweisungen geben. Doch er irrt sich. Nur frauliche Besorgnis schwingt in Maya. Sie hat sich um alle Einzelheiten gekümmert. Nabor ist gerührt von der Fürsorge seines Weibes.

„Ich bin bald wieder bei Dir, Geliebte", sagt er zärtlich, „lange halte ich es ohne Dich nicht aus." Glücklich lehnt sich Maya an ihn. Er gehört ihr ganz und niemand kann ihn ihr nehmen. Hand in Hand betreten sie die Halle.

„Mamya, Premenio und Xernio werden mich begleiten", befiehlt der Lukomane. Die Gerufenen treten zum Herrscher. Langsam schreiten Nabor und Maya durch das Palasttor auf die Freitreppe hinaus. Noch einmal umarmt der Lukomane sein Weib, dann besteigt er das wartende Viergespann. Die Palastherren, der Kämmerer Ekloh und eine Anzahl Dienende verteilen sich auf weitere Wagen. Ein Trupp Berittener umschwärmt den Zug.

Der Lukomane nimmt dem Wagenlenker Zügel und Peitsche aus der Hand. Die Peitsche knallt über die Köpfe der Pferde. Mit einem Sprung setzen sie an, das leichte Gefährt fliegt förmlich hoch. Lachend grüßt Nabor zu Maya, dann braust der Zug ratternd davon, eine große Staubwolke aufwirbelnd.

Bayagard ist die älteste und größte Stadtanlage von Atlantis. Viele Meilen lang erstreckt sie sich an der Südküste der Insel.

Ein Netz von Kanälen verbindet Bayagard mit dem Meere und den anderen Asgards. Auch in der Stadt selbst ziehen sich, neben den Straßen, Kanäle nach allen Richtungen. Alles, was Atlantis an Reichtum aufzubringen vermochte, ist hier zusammengetragen. Palast reiht sich an Palast. Die flachen Dächer sind mit Goldplatten belegt und die Außenwände mit großen Halbedelsteinen verziert. Nur Marmor in allen Farbtönungen hat als Baumaterial Verwendung gefunden. Die Zinnen der Paläste werden überragt von himmelanstrebenden Türmen, auf denen Harfen dem Winde als Musikinstrumente dienen. Ein melodisches Summen und Klingen erfüllt die Luft. Auf den Kanälen wimmelt es von Nachen und Barken aller Größen. Hie und da zeigt sich ein größeres Fahrzeug, von eine Anzahl Ruderer betrieben, irgendeinem Höheren oder Mächtigeren eigen. Eine üppige Flora, in den Straßen und auf den Plätzen, in den Gärten der Häuser und Paläste, verbreitet betäubenden Duft. Von einem breiten Ringkanal umschlossen, erhebt sich auf einer Anhöhe die Tempelburg des Loki. Sie ist eine Stadt für sich. Von mächtigen Mauern umgeben birgt sie den großen Tempel, den Palast des Loki und die Häuser der Priester und Dienenden. Der Tempel gleicht denen in den andern Asgards, nur ist er noch großartiger in der Anlage und Ausstattung.

Durch Bayagard fiebert gespannte Erregung. Heute ist Sonnenwende. Das heilige Fest des Lichts wird diese Nacht taghell erleuchten. Die Herrscher der atlantischen Reiche sind in Bayagard eingetroffen. Der Palast des Lukomanen des Bayareiches ist weitläufig genug, um all die hohen Gäste mit ihrem Gefolge in seinen Mauern aufzunehmen.

Das Volk trifft Vorbereitungen für die Lichtnacht. Auf den Plätzen, den Dächern der Häuser und der breiten Umfassungsmauer der Stadt werden große Stöße wohlriechenden

Holzes aufgeschichtet. Die Nachen und Barken sind mit Blumengirlanden geschmückt und auch die Straßen, durch die der Zug der Könige vom Lukomanenpalast zur Tempelburg ziehen wird, tragen reichen Blumenschmuck.

Die Sonne strahlt. Auf den Straßen, die nach Bayagard führen, kommen von allen Seiten die Atlanter zu Fuß und zu Wagen, um an dem Fest teilzunehmen. Unablässig fließen die Menschenströme der Stadt zu.

Eine merkwürdige Gruppe erregt Aufsehen. Von Berittenen umgeben, schreitet ein älterer Mann, auf einen Stock gestützt, durch den Staub der Landstraße. Sein Gesicht ist totenbleich, die Augen liegen tief in den Höhlen, Haare und Bart hängen wirr um das Haupt, das, zu Boden geneigt, eine unsichtbare Last niederzudrücken scheint. Sein Gewand ist grob und in der Farbe der Erde gleich. Es ist Kaana, der Mörder seines Bruders Ebale. Von der Stufe großer Macht und höchstem Glanze stürzte sich der Herrscher der Waya durch seine frevelnde Tat in tiefste Schmach. Niedriger als der niedrigste Dienende, von allen verachtet und gemieden, schreitet er nun als ein Geächteter den langen, qualvollen Weg zur Stadt des Priesterkönigs, um sein Urteil entgegenzunehmen.

Sein Volk hat ihn verstoßen. Es hat sich abgewandt von ihm, der seine Hände mit dem Blute eines Menschen besudelte.

Hinter ihm geht eine schlanke Frau, ihr Gesicht ist wie erstarrt in tiefem Leid, die glanzlosen Augen blicken ins Wesenlose. Sie wird gestützt von einem jungen Mann, in der Blüte männlicher Schönheit. Leise stöhnt die Lukomanin Hethera. Die Strapazen der letzten Tage haben sie sehr mitgenommen, ihre Füße schmerzen bei jedem Schritt.

Das Herz des Sohnes krampft sich zusammen. Er will sie tragen, doch die Frau lehnt ab. Mit letzter Willensanstrengung schleppt sie sich weiter.

Da dringt Geschrei zu ihnen. Reiter jagen heran, hinter ihnen wälzt sich eine Staubwolke näher. Laut schreien die Berittenen: „Platz für den Lukomanen!" Ein Wagenzug rattert heran. Auf dem ersten Wagen steht Nabor neben dem Wagenlenker. Die armselige Gruppe erregt auch sein Interesse. Sieht er richtig? Ist das nicht Cerbio, der lustige Cerbio, der ihn begleitete in den Tempel zur Vermählung mit Maya. Er läßt den Wagen halten.

„Cerbio — Freund", der Lukomane springt vom Wagen und tritt auf den Angerufenen zu. Über Cerbios Gesicht läuft ein Schimmer der Freude, doch sofort wird es wieder ernst. Er weicht einen Schritt zurück und ruft: „Rühre mich nicht an, Nabor. Schwere Schuld trennt uns von allen, deren Hände rein."

Nabor steht betroffen. Mitleid erfüllt ihn, er sagt: „Du bist frei von Schuld und frei ist Deine Mutter. Ich will Euch helfen, kommet zu mir in mein Reich, ich will Euch das Schwere vergessen lassen." Wieder streckt er dem Freund die Hand entgegen.

„Dein Wille ehrt Dich, Nabor, aber niemals werden wir den Vater in seiner tiefsten Not verlassen", lautet die Erwiderung. „Es sei denn, Blut wird durch Blut vergolten", fügt Cerbio leiser hinzu.

Ein tiefes Stöhnen entringt sich den Lippen der Lukomanin. Der wehe Ton trifft Nabor ins Herz. Erschüttert steht er wortlos vor diesem großen Leid. In großer Ehrerbietung verneigt er sich vor der Fürstin. Nochmals suchen seine Augen den Jugendfreund. Ein stummer Gruß, dann besteigt er seinen Wagen. Der Schatten menschlichen Leides verdunkelt ihm den strahlenden Tag. Von fern blinken die goldenen Zinnen Bayagards, er achtet ihrer nicht. Als die Nachtschatten sich herniedersenken, sammelt sich das Volk in den Feststraßen. Kurz vor Mitternacht erscheint ein langer Zug Tempelknaben in weißen, kurzen Gewändern, den Blumenkranz im Haar. In ihren Händen halten sie ölgetränkte Holzfackeln. Die Knaben nehmen zu beiden Seiten der Straßen Aufstellung.

Eine atemlose Stille legt sich über die Menge. Nur das feine Singen der Windharfen ist hörbar. Alles sieht gespannt zum dunklen Massiv der Tempelburg.

Auf den Türmen des Tempels flammen Feuer auf. Gleichzeitig erschallen Hörner mit langezogenen Tönen. Die Wächter auf den Türmen der Paläste nehmen den Ruf auf und geben ihn weiter. Überall lohen die Feuer empor.

Eine Anzahl Priester überquert die breite Brücke, die von der Tempelburg in die Stadt führt. Feierlich-gemessenen Schrittes nähern sie sich dem Lukomanenpalaste. Ein Priester pocht an das Tor. Langsam öffnet es sich, heraustritt der Lukomane des Bayareiches.

„Der Loki entbietet den Lukomanen den Segensgruß. Er will Euch künden, was Elohim ihm offenbart."

Der Lukomane verneigt sich, dann sagt er: „Unsere Herzen sind geöffnet, aufzunehmen die erhabene Botschaft."

Der Priester wendet sich, ein Wink. Die zunächst stehenden Tempelknaben entzünden ihre Fakeln. Von Fackel zu Fackel läuft das Feuer bis zur Tempelburg.

Unter Vorantritt der Priester bewegt sich der Zug der Lukomanen durch die Straßen, mit Ehrerbietung von der Menge gegrüßt. Hinter jedem Herrscher seine Palastherren, die Schleppe des Königsmantels tragend.

Nabor, als der Jüngste der Lukomanen, schreitet als Letzter. Die Feierlichkeit der Stunde, zusammenklingend mit dem Lichterglanz, dem Duft der Blüten, den dumpfen Tönen der Hörner von den Türmen und der getragenden Melodien der Flöten- und Schalmeienbläser, die dem Zuge voranschreiten, dazu die Sternenpracht des nächtlichen Firmaments, lassen den jungen Mann die leidvollen Gedanken vergessen.

Doch bald wird er wieder daran erinnert. Der Zug der Könige nähert sich der Brücke. Unweit davon stehen, vom Schein der Fackeln matt beleuchtet, Kaana mit seiner Sippe. Beim Näherkommen erkennt sie Nabor. Seine Augen suchen die Cerbios. Doch dieser hat das Haupt gesenkt und blickt zu Boden. Nabors Herz ist schwer, die frohe Stimmung ist von ihm gewichen. Unaufhörlich beschäftigen sich seine Gedanken mit dem Schicksal des Freundes. Selbst der Empfang vor dem Tempel durch den Oberpriester Tenupo, der Gesang der Priester und Tempelsänger, der ganze Glanz des Rituals, vermag ihn nicht seinen düsteren Gedanken zu entreißen.

Geführt von zwei Priestern, betritt er zuletzt die Halle der Könige im Tempel. Ein hoher, runder Raum, weißer Marmor schmückt die Wände und den Boden. Zwölf Säulen aus gelben Marmor tragen die Decke, die nach oben offen, einen Blick in den nächtlichen Himmel freigibt. An den Säulen sind die Symbole der zwölf Königreiche Eya-Eyas:

Aya — Baya — Daya — Faya — Gaya — Kaya — Laya — Maya — Paya — Raya — Taya und Waya angebracht.

Jeder Lukomane tritt an die Säule, die das Zeichen seines Reiches trägt.

Nabor nimmt, geleitet von den Priestern, an der seinigen Aufstellung.

Nur vor der Säule des Wayareiches bleibt der Platz frei.

Schweigend harren die Lukomanen.

Vom Vorhofe dringt feierlicher Gesang in die Halle. In gewaltigen Harmonien blüht ein Wechselgesang auf. Die Erdensöhne rufen die Lichtvollen aus Elohims Reich. Andächtige Stille folgt, dann antwortet eine zarte Knabenstimme. Wieder inbrünstiges Flehen des Chores der Priester. Glockenrein erklingt Verheißung. Nun jubelt es aus vielen Knabenkehlen. Posaunen und Flöten fallen ein. In immer herrlicheren Motiven füllt die erhabene Musik den Tempel und hallt hinaus in die lauschende Nacht.

Während der Gesang in jubelnde Rhythmen ausklingt, öffnet sich der schwere Vorhang, der das Allerheiligste von der Halle der Könige trennt. Im flackernden Licht der Ölfackeln sitzt auf erhöhtem Stuhl der Priesterkönig Huatami. Ein weißes Gewand hüllt ihn ein, von den Schultern fließt ein weißer, schwerseidener Mantel. In seinem Asketengesicht leuchten große Augen in entrücktem Glanze.

Drei Tage und drei Nächte fastete der Loki, er war in innerer Versenkung der Gottheit hingegeben. Ein Leuchten geht von ihm aus, das sich mit dem Licht der Fackeln verbindet und seine Gestalt umgibt.

Ein Aufschrei Ungezählter, die auf dem Tempelvorplatz dieses Augenblicks harren, begrüßt den Priesterkönig.

Huatami erhebt sich, langsamen Schrittes kommt er näher. Er betritt die Halle der Könige. Die nach außen geöffneten Hände vor die Stirnen haltend, verneigen sich die Lukomanen.

Der Loki tritt in die Mitte der Halle. Mit erhobenen Händen segnet er die Herrscher Eya-Eyas, sich jedem Einzelnen zuwendend. Die Priester schließen die Vorhänge zum Allerheiligsten und zum Vorhof.

Der Hohepriester und die Könige sind allein.

Scheu blickt Nabor zu dem mächtigen Mann. Sekundenlang vereinen sich beider Blicke. Wie ein Blitzstrahl durchfährt es den Lukomanen, unwillkürlich schließt er die Augen.

Der Priesterkönig ruft die Gottheit an. Er dankt Elohim für seinen Schutz und bittet um Erleuchtung für die Lukomanen und sich selbst. Dann schweigt er, die Augen werden starr und blicklos. Regungslos wie eine Statue steht er im Raum. Lautlose Stille geistert durch die Halle. Die Lukomanen halten den Atem an. Wie von fern her ertönt die Stimme Huatamis, leise und eindringlich: „Himmel und Erde vereinigen sich in dieser heiligen Stunden! Höret, Lukomanen, was Euch Elohim, der große und erhabene Gott des Lichts, verkündet: Blut ist geflossen. Ein Wahnwitziger hat einen Bruder erschlagen. Nie zuvor geschah so entsetzliche Tat in den Landen Eya-Eyas. Elohims Wille ist, daß wir nicht Gleiches mit Gleichem vergelten, denn sein ist die Vergeltung. Doch kann der Blutbefleckte nicht mehr der Atlanter Bruder sein, mit seiner Tat schloß er sich aus unserem Kreise.

Als erster Diener des großen Geistes verkünde ich Euch den Spruch Elohims: Verflucht sei Kaana, der die menschliche Hülle ewigen Geistes zerbrach. Ausgestoßen aus unseren Reihen suche er seine Nahrung bei den Tieren des Feldes. Unstet und flüchtig sei sein Fuß. Getrieben von der Last seiner Schuld, verbringe er einsam seiner Tage Qual. Niemand beherberge ihn, jeder meide ihn. Verbannt in die kahlen Berge des Nordens friste er, wie ein Tier, sein schuldbeladenes Leben."

Der Priesterkönig schweigt. Düster blicken die Könige zu Boden. Jeder weiß, wie schwer diese Strafe ist, doch regt sich kein Mitleid, zu ungeheuerlich war die Tat Kaanas.

Da fährt der Loki mit milderer Stimme fort: „Doch frei sei die Gefährtin von dem Schuldbeladenen. Der Ehe heiliges Band zerschnitt die Tat. Frei sei der Sohn, dessen Hände rein. Cerbio soll das Land erhalten und durch weise Regierung die Schuld des Vaters sühnen."

Nabor, dessen Haupt sich bei der Urteilsverkündigung tiefer gesenkt, bemächtigt sich bei dem Freispruch des Jugendfreundes eine große Erregung. Vor ihm steht das Bild des in die Verbannung wandernden Freundes. Wie kann man ihn zurückhalten und ungeachtet des strengen Rituals ruft er aus: „Cerbio will mit Hethara, seiner Mutter, das Los Kaanas teilen."

Überrascht wendet sich der Loki ihm zu: „Wo sahest Du Cerbio?" Nabor neigt das Haupt und legt die Rechte auf das Herz: „Ich sah ihn, im groben Gewande, mit seiner Sippe vor den Toren Bayagards und zu Beginn der Nacht an der Brücke, die zur Tempelburg führt, Erleuchteter."

Leise klatscht Huatami in die Hände. Priester erscheinen sofort. „Bringt Cerbio und Hethara in den Tempel", befiehlt der Loki. Schweigen herrscht wieder in der Halle. Doch die Gesichter sind erhellt, wie ein befreites Aufatmen läuft es durch die Reihen der Könige.

Ein Priester kommt zurück: „Die Gerufenen sind im Vorhof." „Öffne den Vorhang."

Allen, die sich im Vorhofe und auf dem Vorplatze drängen, wird die hohe Gestalt des Priesterkönigs sichtbar.

Huatami blickt auf Cerbio, der seine Mutter stützt.

„Tritt näher, Cerbio", befiehlt der Loki.

Zögernd läßt der Sohn die Mutter und tritt in den Kreis der Könige.

„Nach dem Willen Elohims erhebe ich Dich, Cerbio, zum Lukomanen des Reiches der Waya. Walte weise Deines Amtes und sühne damit die Schuld Kaanas."

Ein einziger Jubelschrei folgt den Worten Huatamis. Cerbio ist totenblaß. Ein Kampf ist in ihm entbrannt. So sehr er die Tat des Vaters verabscheut, so hängt doch sein junges Herz an ihm. Der Priesterkönig empfindet das stille Zögern, er liest die Qual des Jungen in dem offenen Gesicht. Gütig legt er ihm die Hand auf die Schulter: „Beuge Dich dem Willen Elochims, Cerbio. Denke an Hethara, soll sie auch in Not untergehen." Das gibt den Ausschlag. Cerbio neigt sich tief. Huatami segnet ihn und schließt ihn in seine Arme.

Der Loki führt Cerbio an die Säule der Waya. Cerbios Augen suchen die Mutter. Hethara steht zwischen der Menge, ein stilles Leuchten ist in ihren Augen, ihre Lippen murmeln Dankgebete. Ihr Sohn, ihr so sehr geliebtes Kind, ist wieder eingesetzt in sein Recht. Nun wird alles gut werden.

Wie ein Lauffeuer verbreitet sich die Kunde von den Vorgängen im Tempel. Sie bricht den Bann, den die Bluttat auf die Gemüter legte. Einer sagt es dem Andern, überall große Freude auslösend.

Der Priesterkönig hat gerecht Gericht gehalten.

* * *

Die Mittagshitze lastet auf Mayagard. Nur ein lauer Wind bewegt die Fächer der Palmen, er spielt mit Blüten und Blättern und bläht die Vorhänge der Fensteröffnungen des Palastes.

In ihrem Gemach liegt Maya auf dem Ruhebett, träumerischen Sinnen hingegeben. Zu ihren Füßen spielt ein junger Gepard mit einer Quaste der Fußrolle. Ungelenk und täppisch versucht das junge Tier die Quaste abzureißen. Eine Weile ergötzt sich die Lukomanin an dem possierlichen Spiel, dann scheucht sie das Tier durch lauten Zuruf aus dem Raum. Ihre Gedanken wenden sich dem Gemahl zu. Er fehlt ihr, sie vermißt seine Wärme, die mit weicher Zärtlichkeit sie umfängt. Er läßt ihr allen Willen, ist immer gleichmäßig freundlich, nicht nur zu ihr, sondern zu allen Menschen. Das Volk verehrt ihn. Froher Jubel umgibt ihn, wenn er sich bei Ausfahrten ins Land oder bei den Wagenrennen in der Arena zeigt.

Er liebt Gesang und Tanz. Oft erhebt er sich bei Festgelagen in der großen Halle und tanzt nach dem Klange der Harfen und Flöten. Völlig gelöst schwingt er dann nach den Rhythmen der Musik. Die Weichheit und natürliche Anmut der Bewegungen, der Ausdruck des jungmännlichen Gesichtes, aus dem ekstatische Freude leuchtet, nimmt die Zuschauer gefangen und sie spenden ihm ehrlichen Beifall. Maya freut sich darüber und doch manchmal, wenn Nabor völlig hingegeben, in verblüffender Grazie und Leichtigkeit den weiten Raum durchschwebt, stört es sie. Sie sieht das Erstaunen in den Augen der Zuschauer, es ist für sie etwas Außergewöhnliches, daß ein Herrscher sich so leidenschaftlich dem Tanze hingibt.

„Er hat die Kraft eines Stiers, die Geschmeidigkeit eines Geparden und die Grazie eines Weibes", diese Worte Mamyas klang nicht gut in ihren Ohren, ein leichter Stachel blieb zurück.

Dagegen ist sie wie ausgesöhnt, wenn Nabor beim Wagenrennen sein Viergespann in rasendem Galopp durch die Arena steuert. Die hohe, schlanke Gestalt bietet ein Bild kraftvoller Männlichkeit, die langen, helleuchtenden Haare wehen im Winde. Das Gesicht, wie aus Marmor gemeißelt, durchschneidet wie das eines Adlers die Luft, der Mund fest geschlossen, die Augen glühen. So ist er der Herrscher und der Mann, der Mayas Wünschen entspricht.

Die Ruhende wird aufmerksam, sie hört erregte Stimmen vom Palasthofe heraufdringen. Kurze Zeit darauf wird der Türvorhang des Gemaches heftig beiseite geschoben. Aufgeregt betritt der alte Palastherr Eseko den Raum.

Maya richtet sich auf ihrem Ruhebett hoch.

Der alte Herr sprudelt heraus: „Herrin, viele Schiffe auf dem Meere, sie nähern sich der Küste."

„Schiffe!" Die Lukomanin erhebt sich, mit eiligen Schritten verläßt sie das Gemach, gefolgt von dem Palastherrn. Maya geht auf die Zinne des Palastes. In der Ferne sieht sie auf dem

68

blauschimmernden Wasser des Meeres winzige Punkte, die immer größer werden. Ihr an die Weite gewöhntes Auge erkennt bald eine Anzahl Segelschiffe. Lange steht sie und schaut in die Ferne. Die Schiffe sind jetzt auf Sichtweite dem Lande nähergekommen. Von der hohen Steilküste aus erkennen die Maya, viele mit Fellen bekleidete Männer, die jeder einen langen Stab in der Hand halten, deren Spitzen in der Sonne funkeln. Mächtige, breite Segel, gebläht vom Winde, treiben die Schiffe schnell heran. Geschützt von runden Schildern, hocken Ruderer an den Längsseiten der Schiffe und bewegen die Ruder. Jetzt kommt das größte Schiff heran. Auf seinem Deck befindet sich ein Aufbau. Unter einem Zeltdach liegt auf fellbedeckter Erhöhung ein Mann, dessen Armringe matt schimmern. Um ihn herum stehen einige Gestalten, gleich ihm im Fellwams, mit geneigten Köpfen und ergebener Haltung lauschen sie offenbar seiner Rede.

Interessiert schaut Maya hin. Sie beobachtet dieses Schiff besonders, in dem Manne auf dem Fellbett vermutet sie den Anführer. Wildes Johlen und Geschrei dringt jetzt zu ihren Ohren. Das Geheul kommt von den Schiffen. Die Männer schwenken ihre Stangen und vollführen einen Freudentanz, der an die Täppigkeit der Bären des Nordlandes erinnert. Maya lächelt, so komisch wirkt der Anblick.

Anscheinend haben die Fremden die Einfahrt in den Kanal entdeckt, denn das große Schiff nimmt den Kurs darauf. Die anderen Schiffe, die voraus waren, verhalten und folgen mit den übrigen.

„Sie dringen in den Kanal ein, Herrin, was sollen wir tun", läßt sich der Palastherr neben ihr vernehmen.

Maya wendet den Kopf. Sie überlegt und befiehlt kurz: „Lasset das Kanaltor der Mauer schließen." Eiligst entfernt sich der Alte. Die Lukomanin tritt auf die andere Seite der Zinne, die dem Kanal zugewandt ist. Sie späht angestrengt hinüber. Langsam gleitet das große Schiff näher. Der Mann auf dem Ruhebett hat sich erhoben, er tritt an die Brüstung. Seine große, sehnige Gestalt ist mit einem kurzen Wams bekleidet, das Arme und Beine frei läßt, sein tiefschwarzes Haar, wohl mit Öl eingeschmiert, glänzt im Sonnenlicht. Es ist straff nach hinten gekämmt und wird durch einen Knoten zusammengehalten. Das Wams umschließt ein Gürtel, an dem ein blitzendes Etwas und auf der anderen Seite ein kleines Horn hängen. Die Füße sind mit Fell umwickelt, das mit kreuzweisgebundenen Bändern am Unterschenkel befestigt ist. Die Lukomanin erkennt das Gesicht des Fremden. Es ist ein jüngerer Mann, bartlos, buschige Brauen liegen über nachtdunklen Augen, eine gebogene Nase springt hervor und steht über einem trotzigen, energischen Mund mit vollen Lippen. Gesicht und Haltung und der fremdartige Aufzug geben dem Manne etwas tierhaft Wildes, Verwegenes.

„Wie ein schwarzer Panther", geht es Maya durch den Sinn. Da hört sie hinter sich Schritte. Der Palastherr kommt zurück. „Herrin", sagt er, „die Fremden legen im Kanal an und erklimmen die Ufer." Die Lukomanin erblaßt. Es sind wilde Menschen von der dunklen Seite der Welt. Nach den Sagen brachten sie schon einmal großes Unheil über die Atlanter. „Gehe zu ihnen und entbiete ihnen meinen Gruß", befiehlt sie. Der Alte ist betroffen, er zögert. Maya kommt ein Gedanke. Sie winkt den Palastherrn neben sich und zeigt auf den Mann in dem großen Schiff. „Dort steht der Anführer der Horde. Sprich mit ihm und bringe ihn zu mir."

Langsam, wie zaudernd, entschwindet der Alte. Noch eine Weile schaut Maya zu den Fremden, dann verläßt sie das Dach. In ihr Gemach zurückgekehrt, befiehlt sie ihren Dienerinnen: „Schmücket mich". Ein breiter, goldener Stirnreif mit großen Rubinen schmückt wie eine Krone ihr Haar. In dem rotblonden Haar leuchten die Rubine wie Blutstropfen. Auch auf ihrem Gewande, auf den Arm- und Fingerspitzen funkeln sie. Hochaufgerichtet steht die Lukomanin da, nur ihr Herz pocht unruhig. Das Gefühl einer Gefahr beschleicht sie, doch keine Miene verrät ihre innere Beklommenheit. Dienstfertige Hände legen den Königsmantel um ihre Schultern. Sie begibt sich in die Halle und nimmt auf dem erhöhten Königsstuhl Platz. Um ihren Thron gruppieren sich die Palastherren und Kämmerer.

Gespannte Erwartung lastet in dem prunkvollen Raum. Maya ruft in ihrem Herzen Elohim an, möge er Nabor bald zurückführen.

Fremder Leute Stimmengewirr wird hörbar. Der Palastherr Eseko kehrt zurück. Mit einladender Geste wendet er sich rückwärts. Der Anführer der Fremden betritt die Halle. Es ist der Dunkle von dem großen Schiff. Ihm folgen bärtige Männer, deren reicher Metallschmuck ihren höheren Rang anzeigt.

Selbstsicher und frei in seinen Bewegungen geht der Fremde daher. Als er Mayas ansichtig wird, bleibt er überrascht stehen. Ihre Schönheit und königliche Pracht verwirren ihn sichtlich. Maya lächelt fein, dieses Lächeln pflanzt sich fort in den Reihen ihrer Hofmannen.

Da beugt der Fremde das Knie. Die Lukomanin sieht es erstaunt, noch niemals empfing sie eine derartige Huldigung. Sie erhebt sich, das schöne Haupt neigt sie zum Gruße.

„Wer bist Du, Fremdling", klingt ihre helle Stimme durch die Halle. Verständnislos blickt der Fremde sie an, er hat sie nicht verstanden. Hilfesuchend schaut Maya zu Eseko hinüber. Der alte Mann versucht nun mit lebhaften Gesten dem Fremden die Frage der Lukomanin verständlich zu machen. Der bleibt stumm und schüttelt nur mit dem Kopfe. Immer wieder versucht es Eseko. Er weist auf den Fremden, auf seine Leute und in die Richtung des Meeres. Endlich leuchtet Verstehen in dem braunen Gesicht des Mannes auf. Auf sich selbst zeigend, sagt er mit eigenartig gutturaler Stimme: „Wea", und nochmals „Wea". Seine Rechte deutet dann auf die Bärtigen: „Tursen". „So bist Du der Fürst der Tursen", fragt Eseko erneut. Ein Achselzucken antwortet ihm. Der Fremde wendet sich zu seinen Männern, ein halblauter Befehl, sie stürzen zu Boden und berühren ihn mit ihren Stirnen. Stolz blickt der Turse zur Lukomanin. Sie nickt.

„Meine Herrin, Maya, die Lukomanin des Mayareiches, grüßt Dich als ihren Gast", beginnt Eseko wieder.

„Maya", wiederholt der Turse. „Maya . . ." Er winkt einem Bärtigen, der eilt hinaus. Mehrere Tursen erscheinen, sie schleppen große Ballen aus Tierfellen und legen sie vor Wea auf den Boden. Die Ballen werden entrollt. Armbänder und Ringe aus einem gelblichen Metall, metallbesetzte Gürtel, blinkende kurze Schwerter und Hörner in allen Größen werden sichtbar.

Wea weist auf die Dinge und mit gebender Geste zu Maya. Ein Neigen des königlichen Hauptes, das die Rubine im Haar auffunkeln läßt, ist ihr Dank.

Während diese stumme Begrüßungszeremonie in der Halle vor sich geht, spielen sich in der Straßen Mayagards erregte Szenen ab. Die gelandeten Tursen haben sich aller Tiere, deren sie habhaft werden konnten, bemächtigt und sind dabei ein Schlachtfest großen Stils zu veranstalten. Hierbei ist es zu Zusammenstößen mit den Besitzern der Tiere gekommen. Die Fremden haben zu den Waffen gegriffen, eine Anzahl der Maya erlitten Verletzungen.

In die Halle stürzt ein älterer Mann, aus einer Kopfwunde

fließt Blut. Es rinnt über sein Gesicht und benetzt sein Gewand. „Herrin", ruft er laut, „die Fremden schlagen unsere Söhne." Maya ist aufgesprungen. Ihre Augen funkeln in jähem Zorn. „Deine Mannen brechen heiliges Gastrecht", herrscht sie Wea an. Verblüfft steht der Turse da.

Weitere verwundete Maya dringen in die Hale. Mit eisigem Gesicht weist Maya auf diese und dann auf die Mannen Weas. Der Tursenfürst begreift. Sein Gesicht entstellt maßlose Wut, mit hartem Zuruf zu seinen Leuten stürzt er hinaus.

Furchtbares ahnend folgt Maya. Wea steht auf den Stufen der Freitreppe. Er hat sein Horn am Munde — ein dumpfer, langgezogener Ton hallt in die Weite.

Von allen Seiten kommen die Tursen gelaufen. Scheu blicken sie zu ihrem Herrn. Sie sehen sein verzerrtes Gesicht und sie fürchten seinen Zorn. Mit wilden Gesten weist der Turse auf die verletzten Mayas, seine gewaltige Stimme dröhnt über den Platz.

„Ihr Hunde, wer wagt es meine Ehre zu besudeln?"

Die Tursen ducken sich. „Wer tat es?", schreit Wea. Niemand rührt sich. Der Tursenfürst ist außer sich, er will sich auf die Vordersten stürzen, da sieht er Maya. Er bezwingt sich und winkt den Mayas. Sie treten näher. Gestikulierend fordert sie Wea auf, die Täter zu bezeichnen. Einige willfahren seinem Wunsch. Sie gehen an den Reihen der Tursen auf und ab und zeigen auf ihre Gegner. Eine herrische Handbewegung Weas bedeutet diesen, zu ihm zu kommen. Angstvoll schleichen sie heran und werfen sich vor ihm auf den Boden. Grimmig betrachtet er sie, dann befiehlt er seinen Oberen: „Tötet sie!" Ein einziger Wehlaut der Verurteilten schrillt auf. Die Oberen reißen ihre Schwerter aus der Lederscheide, um das Urteil zu vollstrecken. Der Erste hebt den Arm, da tönt der Ruf einer Frauenstimme. Maya hat ihn ausgestoßen. Wea ist herumgefahren. Die Männer starren auf die Lukomanin. Mit der Rechten eine abwehrende Geste vollführend, ruft sie: „Halte ein, Wea, heilig ist dem Atlanter das Menschenleben."

Fassunglos blickt der Tursenfürst zu ihr hinauf. In ihrer herrlichen Schönheit erscheint ihm Maya einem überirdischen Wesen gleich. Stumm nickt er, er hat begriffen. Ein Wink, die Oberen bergen ihre Schwerter wieder in den Scheiden.

Die Lukomanin wendet sich und geht in den Palast zurück.

Eseko tritt zu dem Tursenfürsten und führt ihn zu einem größeren Block von Häusern, in denen er und seine Mannen wohnen sollen.

* * *

Ungehemmte Lebensfreude erfüllt Bayagard. Der heiligen Lichtnacht folgt Fest auf Fest.

Der Lukomane von Baya, Herio, versucht mit allen ihm zu Gebote stehenden Mitteln seinen Gästen die Tage mit Spiel und Tanz, mit Wasserfahrten auf den Kanälen und an der Meeresküste entlang, zu würzen. Ein großes Wagenrennen ist der Höhepunkt.

Der junge Cerbio ist der Sieger. Umjubelt von den vielen Tausenden, kehrt er blumenbekränzt an der Spitze des Lukomanenzuges in den Palast zurück.

Vereinzelt finden sich die Könige zu Beratungen. Gesetze werden durchgesprochen. Abänderungen vorgeschlagen, einfache Stimmenmehrheit entscheidet. Ergibt sich Stimmengleichheit, wird die Entscheidung des Priesterkönigs angerufen.

Nochmals versammeln sich die Lukomanen in der Königshalle des Tempels. Der Loki spricht. Seine Rede ist getragen von hohem Idealismus, nur kurz streift er die äußere Angelegenheit. Leitmotiv ist ihm die ethische Haltung der Atlanter. Mit erhobener Stimme ruft er den Königen zu:

74

„Ihr seid Elohim verantwortlich für das Ergehen Eurer Völker. Lebet Ihr in der Reinheit, werden Eure Mannen in der Reinheit bleiben. Seid Ihr Hüter der Gerechtigkeit, kann kein Unrecht geschehen. Sind Eure Worte wahr und gleichen sie Euren Taten, werdet Ihr Vorbilder denen sein, die Euch untertan. Dessen seid stets eingedenk. Wie die Oberen, so die Unteren. Ihr seid berufen und auserwählt als Lichtträger voranzuschreiten."

Der Loki segnet jeden Einzelnen. Ehrfürchtig grüßen die Lukomanen, als er entschwindet.

Viergespanne bringen die Könige in den Palast zurück. Ein Festgelage beginnt. Auf ihren Ruhebetten liegend, plaudern sie miteinander. Dienende reichen Früchte und in schimmernden Schalen köstlichen Wein.

Harfen erklingen, Gesang hebt an. Flöten rufen mit zarten Melodien, Schalmeien und Cymbeln antworten.

Es erscheinen Tänzer in schwerer Seide, mit Edelsteinen beladen. In feierlichen Schritten bewegen sie sich, mit maskenhaft starren Gesichtern, in denen die Augen in ekstatischem Feuer lohen. — Die Söhne des Lichts —

Graziöse Tänzerinnen in duftigen Gewändern huschen heran. Sie wirbeln um die feierlichen Gestalten, sie locken und wehen hin und her.

Die Söhne des Lichts widerstehen eine Zeitlang. Da beginnt hier einer und dort einer, vom Wirbel der Lockenden erfaßt, gleichen Rhythmus anzunehmen. Die Harfen verstummen, bald auch die Flöten, nur Schalmeien und Cymbeln begleiten den rasenden Wirbel. Wie besessen drehen sich die Tänzer im Kreise, die feierliche Starrheit ist von ihnen abgefallen.

Dumpf dröhnt der volle Ton eines Gongs — einmal — zweimal — dreimal.

Erschreckt, zu Statuen erstarrt die Tänzer. Eine hohe Gestalt in lichtvollem Gewande gleitet schwebend herein.

Jäh schweigt die wilde Musik, scheu weichen die Tänzerinnen. Es jubeln die Flöten — erklingen die Harfen — feierlicher Gesang schwillt auf — der Lichtvolle führt die Gefährdeten zurück.

Nabor hat sich am Fußende des väterlichen Ruhebettes niedergelassen. Tanz und Musik nehmen ihn völlig gefangen. Selbst der tänzerischen Kunst hingegeben, erlebt er die Darbietung mit allen Sinnen. Jeder Nerv an ihm vibriert, wie gern würde er dabei sein — aber —.

Ebor beobachtet verstohlen seinen Sohn. Wie verschieden ist dieser von dem Ältesten. Er gleicht der Mutter in äußerer Schönheit. Vollendetes Ebenmaß des Körpers verbindet sich mit der Harmonie der Bewegungen. Immer bereit, andern zu dienen, ihren Wünschen nachzugeben. Aber wird er seinen Mann stehen können als Herrscher eines großen Reiches. Er liebt das Schöne und Harmonische, allem Schweren weicht er gern aus. Wohl hat er die gleiche Erziehung erhalten wie sein älterer Bruder. Er reitet, lenkt den Wagen, schwimmt und rudert wie er, aber er tut es ohne besonderes Interesse. Kein Ehrgeiz treibt ihn zu hervorragenden Leistungen. Ist er wirklich im sportlichen Wettkampfe überlegen, fällt es ihm ein, kurz vor dem Ziel zurückzuhalten, um anderen den Vortritt zu lassen.

Vor sich hinsinnend, bemerkt der Lukomane, erst durch wiederholtes Räuspern aufmerksam werdend, einen Kämmerer, der hinter ihm steht. „Was bringst Du?", fragt er. „Euer Sohn und der Lukomane Cerbio mögen bei Anbruch des jungen Tages im Tempel erscheinen, so lautet die Botschaft des Loki", ist die Antwort.

Beifall rauscht auf, der Tanz ist zu Ende. Begeisterung im erregten Gesicht wendet sich Nabor zu dem Vater. Ernst schaut ihn dieser an. „Der Priesterkönig entbietet Dich und Cerbio in den Tempel." „Was kann er wollen?", fragt Nabor überrascht. „Die Einweihung, mein Sohn. Den Lukomanen und Priestern vorbehalten. Geheimnisse werden Dir offenbart, die Dir Macht geben werden über Andere. Doch hüte Dich, die Macht zu mißbrauchen. Namenloses Leid trifft den, den die Gnade Elohims auserwählt vor allem Volk und der als schlechter Diener sich erweist. Bedenke immer: Macht schmeckt süßer als süßeste Frucht und ist berauschender als köstlichster Wein."

* * *

Als der Morgen graut und die Sonne funkelnd aus dem Meere steigt, stehen die Fürsten vor dem Tempeltor. Ein kühler Wind weht vom Meere heran, fröstelnd hüllen sie sich enger in ihre Königsmäntel. Schweigend warten sie, ihre jungen Herzen schlagen beklommen.

Weit öffnet sich das goldbeschlagene Tor. Inmitten einer Anzahl Priester grüßt Tenupo: „Tretet näher, Lukomanen, der Segen Elohims sei mit Euch."

Sie durchschreiten den Vorhof und gelangen in die Königshalle. Auf ein Zeichen Tenupos geht der Vorhang zum Allerheiligsten geräuschlos auseinander. Im Hintergrunde wird der Loki sichtbar. Die Hände, nach außen geöffnet, so vor den Stirnen haltend, daß die Zeigefinger und Daumen ein Dreieck bilden, vollziehen sie den vorgeschriebenen Gruß.

„Ihr seid willkommen in Elohims Halle", freundlich ist die leise Stimme, sie nimmt ihnen alle Befangenheit.

„Ihr seid erkoren, die Ersten zu sein in Eya-Eyas gesegneten Fluren. Dieses Glück zu erhalten, müßt Ihr wesenlos werden. Je höher der Mensch steht, umso größer ist die Last, die er auf seinen Schultern zu tragen hat und die Verantwortung vor Elohim und dem Volk. Wer herrschen will, muß sich beherrschen können. Ihr werdet aufgeben Euer Ich und aufgehen im Du.

Hart und steil ist der Pfad, der zum Lichte führt. In dreimal sieben Tagen wird Euch der Weg gewiesen — in dreimal sieben Tagen werdet ihr gewandelt dem Ring der Lichten angeschlossen. Seid Ihr bereit, der Einweihung schweren Weg zu schreiten?"

Stumm neigen sich die Köpfe.

„So öffnet Eure Herzen, damit sie der große Geist anfülle mit seiner Gnade, und sie entwerden zu Gefäßen des Lichtes."

Der Loki schließt die Augen. Ein lichter Schimmer umweht ihn. Tenupo führt die Lukomanen hinaus. Sie werden getrennt. Eine kahle, enge Zelle wird ihr Gemach, ein paar Früchte und Wasser ihre tägliche Nahrung.

Tenupo unterweist sie, den Atem zu beherrschen und ihre Gedanken zum Schweigen zu bringen. Langsam verringert sich die karge Nahrung, sie begrenzt sich bald auf einen Krug Wasser.

Cerbio überwindet das Fasten leichter als Nabor. Dieser wird gequält von dem Verlangen nach den gewohnten Genüssen, besonders Früchten. Seine ganze Willenskraft zusammenraffend, bringt er den rebellierenden Magen zur Ruhe. Nach dem dritten Tage ist es geschafft. Der Wille des Körpers scheint gebrochen. Gehorsam vollführt er die Atem- und Stilleübungen.

Mehrmals am Tage besucht Tenupo seine Zöglinge. Er bestreicht sie, legt ihnen die Hand auf die Stirn, gestärkt verläßt er sie.

Die ersten siebene Tage sind vergangen. Die Lukomanen begehren nichts mehr, bleich und abgezehrt liegen sie auf ihren hölzernen Ruhebetten.

In Gegenwart des Oberpriesters wird das rhythmische Atmen

gesteigert. Die Lockerung von der Körperhülle beginnt. Bereits am folgenden Tage empfindet Nabor plötzlich einen beklemmenden Druck in der Gegend des Nabels. Er spürt einen leisen Ruck, gleichzeitig ein Erstickungsgefühl — er hat seinen Körper verlassen. Um ihn ist mattes Licht, in ihm sieht er sich selbst auf dem Ruhebett liegen. Von stärkerem Licht umgeben, nimmt er Tenupo unweit von sich wahr. Ringsum ist Dunkel, tiefes Dunkel. Furcht will ihn anfallen, doch Tenupos Licht umhüllt ihn. Er fühlt sich innig mit ihm eins, versinkt förmlich in dessen Lichtstrahlung.

Da läßt ihn Tenupo, sein Licht weicht von ihm. Wieder überfällt ihn Furcht. Ein Gedanke flammt auf — Elohim. Im nächsten Augenblick ist er in seinem Körper. Ein leises Stöhnen entringt sich dem Munde. Er richtet sich auf. Vor ihm lächelt Tenupos gütiges Gesicht.

„Du hat die erste Prüfung bestanden, Nabor. Nun weißt Du, daß Dein Körper nur eine Deiner Hüllen ist, die Du nach Deinem Willen benutzen und verlassen kannst."

Nabor nickt matt. Er ist bis in seine Grundfesten erschüttert. Tenupo segnet ihn und geht.

* * *

Vergeblich bemüht sich Cerbio. Immer wieder rafft er sich auf, wenn wirre Träume ihn umfangen wollen, den Atem im Rhythmus gewollten Dreiklangs schwingen zu lassen. Immer wieder gleitet er ab, Bilder seines jungen Lebens steigen auf, dämmernden Traumzustandes Gestalten halten ihn gefangen — der heiligen Stille Seligkeit erreicht er nicht.

Der alte Priester spricht ihm begütigend zu:

„Deine Seele ist erfüllt von Deines Daseins aufblühendem Schimmer. Bekümmere Dich nicht, mein Sohn. Erreichst Du die Pforte jetzt nicht, die Dich hinausführt in lichter Reiche unermeßliche Weiten, so genüge Dir das Wissen, das Dir eingegeben, bis eines Tages sich die Bande lösen, die Deines Herzens Verlangen an diese Welt fesseln."

„Und Nabor? Fand er den Weg", fragte Cerbio scheu.

„Er fand ihn nach eifrigem Mühen", antwortet der Priester, „doch bringt er gutes Rüstzeug mit. Er kennt der Hingabe letzte Ekstase, so löste er sich aus seines Leibes enger Hülle. Stark ist sein Glaube und weich sein Herz. Vollendet er den Pfad, wird eine Leuchte er den Söhnen Eya-Eyas."

* * *

Wieder weilt der Oberpriester in Nabors Zelle. Die Gegenwart des Lehrers läßt den Schüler alle Schwere des inneren Ringens vergessen. Tenupo sitzt neben ihm. Weisheit entströmt seinem Munde, von dem Jungen begierig aufgenommen.

Tenupo spricht: „Wer den richtigen Weg geht, mein Freund, wird an die Hand genommen und geführt. Doch wer geht den richtigen Weg? In Deinem Inneren ist eine Stimme, sie sagt Dir unweigerlich, ob Du auf dem rechten Wege bist oder nicht. Diese Stimme zu hören, die fein wie eine Glocke klingt, ist Bedingung für das Finden des rechten Weges. Wenn Du in Zweifel bist, horche in Dich hinein. Bist Du getragen von Ruhe und Gleichmaß, erfüllt Dich Harmonie und hast Du das Gefühl, es kann nichts Böses kommen, wandelst Du auf dem rechten Weg. Doch bist Du vom Wege abgewichen, ist Unruhe in Dir und beklemmende Angst. Überall siehst Du Wolken, überall siehst Du Unheil. Dann wisse, Du hast einen Fehler gemacht und übe Vergeltung, das heißt, wenn Du falsch gehandelt hast, sieh es sofort ein und ändere es, auch wenn Du Deinen Stolz beugen mußt.

Die Stille ist notwendig für den, der in sich schöpft. Sie reißt ihn aus dem Weltgetriebe, hüllt ihn ein, schließt ihn ab von den Anderen und läßt ihn in sich hineinhorchen. Darum übe

Dich, in die Stille zu gehen. Nicht aber sollst Du selbstgefällig in Dich hineinhorchen, Nabor, demütig sollst Du die Stimme Deines Geistes hören und sie bitten: Führe mich. Führe mich hinaus aus der Enge, führe mich hinaus aus der Dunkelheit, laße mich den Bruder erkennen, der mit mir den gleichen Weg geht. Schwinge in mir wie eine Glocke, die mich mahnt, wenn ich den Weg verfehle. Schweige nicht still, du Stimme in mir, denn mein Ohr will dich hören und meine Füße wollen dir folgen. Leite mich zum Licht."

Die hehren Gedanken schwingen im Raum und erfüllen Nabors Seele. Der Oberpriester fährt fort: „Siehe, mein Freund, wir alle müssen ringen. Tag um Tag — nicht endet der Kampf mit der Einweihung kurzer Frist — selbst der Weise fühlt noch den Daseinsdurst. Ich erzähle Dir das, damit Du weiter strebst und nicht in den Fehler verfällst, der dieser Welt eigen ist, und der besagt, Du könntest dieses und jenes nicht tun, weil Deine Gewohnheiten Deine Füße fesseln. Ich sage Dir, strebe immer weiter, sieh nicht auf Dein Ich, sieh auf das Du. Du ist jeder, der Deinen Weg kreuzt. Sei wahrhaftig, sei uneigennützig, denn jeder Eigennutz muß ausgeglichen werden. Sei gerecht, nicht nur gegen Dich selbst, sondern gegen alle, die mit Dir diesen Lebensweg gehen, die Du einschließen mußt und nicht ausschließen darfst. Es ist manchmal eine schwere Probe, ich weiß es, aber ohne Ringen führt kein Weg nach oben, und jedes Tor, das sich öffnet, muß mit einem Opfer erkauft werden und viele Tore sind es noch, die den Weg versperren. Vergiß es nicht. Versichere Elohim Deine ganze Liebe, versichere ihm, nicht mehr von seinem Wege zu weichen, und Deine Liebe trage Dich an sein Herz, damit er Dich aufnimmt in sein lichtes Reich, wenn die Stunde gekommen ist."

Ein sanfter Druck der Greisenhand, sie löst sich aus der seinen. Ein leichter Schritt, der Vorhang fällt zurück. Stille ist um Nabor — weihevolle Stille. In seinem Innern lebt das Gehörte und bewegt sein gläubiges Herz.

* * *

Es ist Nacht. Starr wie ein Toter liegt Nabor auf seinem harten Lager. Das fahle Licht des Mondes dringt in das enge Gemach. Ein fernes Lächeln liegt auf dem hager gewordenen Gesicht. Er ist nach Innen gegangen. Kaum merkbar ist der Atem — er schaut und lauscht nach Innen. In ihm ist sehnsüchtige Erwartung. Wird der dunkle Schleier reißen? Da blitzt Licht auf — ganz fern. Da wieder, näher und stärker — und nun bricht es hervor von allen Seiten. Glutendes Licht um ihn, in ihm. Er schwimmt in einem Meer von Licht, dessen strahlendem Mittelpunkt er entgegenfliegt und sich mit ihm vereint. Er blickt in eine ungeheure Weite. Sie ist von flammendem Licht erfüllt — ungezählte Wesen bewegen sich in ihr, sie sind von seltener Schönheit, ihre Gesichter von wundervoller Harmonie. Die Nächststehenden schauen zu ihm hin — sie nähern sich ihm. Große Augen, in Güte leuchtend, blicken ihn an. Plötzlich zuckt im fernen Hintergrund der lichten Weite ein goldener Strahl auf, er durchfährt den Schauenden wie ein Schlag. Noch sieht er, wie die vielen Tausende sich dem Hintergrund zuwenden; da kehrt er zurück aus der Versenkung. Er öffnet die Augen, das Erlebte schwingt in ihm nach, da bewegt sich der Vorhang. Tenupo betritt sein Gemach.

„Ich schaute in eine wundervolle Welt — wundervolle Gestalten sah ich — zahllos wie der Sandkörner Menge am Ufer des Meeres", stammelt Nabor wie ein glückliches Kind.

„Ich weiß es, Freund", antwortet der alte Priester zum Erstaunen des Jungen. Erklärend setzt Tenupo hinzu: „Wenn ich mich Deinem Bewußtsein verbinde, erlebe ich, was in Dir vorgeht."

„Wo ist dieses herrliche Reich?", will Nabor wissen.

„Es ist das Lichtreich der Erde, es umschließt die Erde. In ihm liegt sie eingebettet, wie ein Kern in der Frucht. Du bist vorgedrungen in das Bewußtsein Deines Geistes, sein Licht flutete auf, durchbrach das Dunkel und trug Dich empor. So wurde Dir der Anblick Deiner lichten Heimat, in die Du zurückkehrst, wenn Du des Daseins Pflichten erfüllt hast."

„Es flammte ein Licht auf, goldener als der Sonne Schein und stärker als ein Blitz, der vom Himmel fährt. Die Gestalten wandten sich ihm zu, ich ertrug es nicht, es durchfuhr mich wie ein Schlag."

In Tenupos Zügen zeigt sich ehrfürchtiges Erstaunen, er neigt sich zu dem Liegenden, wie ein Hauch dringt seine Stimme an Nabors Ohr: „Höchstes Geheimnis ist Dir enthüllt, begnadeter Jüngling. Des Lokos Reiches goldenes Licht erschautest Du."

„Des Lokos Reich", wiederholte Nabor scheu, „wer ist der Lokos?"

„Elohim, der Allerhöchste, ist allgegenwärtig, er ist in allen Dingen. Seine Größe zu verstehen oder nur annähernd zu erkennen, vermag unser Geist nicht. Erst wer das Reich des Lokos erlangt, kommt ihm näher. Der Lokos ist des Allvaters eingeborener Sohn, er ist der Höchste nach ihm. Er ist der Herrscher ungezählter Reiche, auch der Erdball untersteht seiner Macht."

Beschwörend fährt der Priester fort: „Dein Mund verschließe sich — niemals spreche er davon. Die Stunde ist noch nicht gekommen, zu enthüllen des Lokos Walten. Doch bist Du erwählt, der Ahnen Reich zu schirmen. Von Osten drängt der Dunklen Schar, sie kennen nicht des Lichtes wundersame Kraft und Elohims heilige Gesetze."

Wie ein kühler Schauer nahender Gefahr legt es sich auf Nabors Seele.

Tenupo spricht weiter: „Schon einmal brachte namenloses Leid der Dunklen niederes Wesen. Oh wisse, Sohn des Ebor, wie ein Mosaikband des Lukomanen Haupt umschließt, so umschloß das Reich der Söhne Elohims in unvorstellbarer Schönheit den Erdball. Verbunden mit dem lichten Reich, das Deine inneren Sinne schauen, erfüllte Elohims Glanz der Ahnen Tage. Sie hatten einen strahlend-schönen Leib, sie verließen ihn und streiften ihn wieder über. Des Lichtes Wesen kamen, sie gingen zu ihnen. Himmel und Erde waren eins. Die Ahnen schwebten über der Erde, denn die Schwere war noch nicht in ihnen. In heiligen Hainen verehrten sie Elohim. Zwölf Königspaare, deren Statuen Du vor unseren Tempeln siehst, waren die Stammeltern der zwölf Völker. Wohl tausend Jahre lebten die Königspaare in himmelhochragender Burg — der Asgard. Erst später wurden die einzelnen Reiche gegründet und in ihnen erstanden Burgen, die den Namen der Länder wiedergaben. Die Gestirne waren nicht sichtbar, strahlendes Licht aus dem Lichtreich durchflutete unaufhörlich den atlantischen Ring.

Der Lokos war der geistige Lenker.

Bis eines Tages der Dunklen Abkömmlinge, die außerhalb des atlantischen Ringes lebten, drei wunderschöne weibliche Wesen, eindrangen. Ihr Haar war schwarz wie die Nacht, sie waren eingehüllt in grobe Gewänder, sie kannten kein Gold und keine Pracht. Aber sie verstanden die Kunst des Brauens. Sie kannten die Bäume, deren Früchte sie nutzten zu rauschendem Trank. Schnell lernten es die Ahnen und berauschten sich an dem Gebräu, und sie, deren Sinne so klar, wurden verwirrt. Sie griffen nach anderen Frauen, das Gesetz in ihrer Brust wurde verschüttet. Sie verloren die Gabe der Schau und des inneren Hörens, sie wurden wie die Fremden.

In dieser Zeit, es waren 3000 Generationen verkörpert, wurde der erste Loki eingesetzt. Er empfing die Gesetze, die bisher Jedem als selbstverständliches Bewußtsein eigen waren. Drei Tage lang, lag er mit dem Gesicht auf der Erde, da er das strahlende Licht Elohims nicht ertragen konnte. Auf felsigem Berg, wo Du sie heute noch siehst, erstand die Tempelburg. Dann erfolgte eine ungeheure Katastrophe. Der Erdball lief durch den Schweif des Kometen Chronos, der das Sonnensystem durchkreuzte. Feuersgluten, kochende Wassermassen veränderten das Antlitz der Erde. Das Großreich der Ahnen wurde zerstört, übrig blieb Eya-Eya, von warmen Meeresströmen umflossen. Hier bauten die, die rein befunden, die neue Heimstätte.

Durch die Katastrophe war die Wolkendecke aufgerissen, die vorher die altantischen Reiche umhüllte und abschirmte. Sonne und Mond waren sichtbar geworden, aber das Licht des Reiches Elohims war erloschen. Zum erstenmal wurde der Regenbogen sichtbar. Lot, der erste Loki, der mit denen, die Elohim die Treue gehalten, die Katastrophe überstanden hatte, sah die Naturerscheinung und fiel auf die Knie. Er dankte für die Errettung und nahm dieses Zeichen, das, wie eine Brücke gespannt, über die Atmosphäre der Erde hinausragte, als Symbol des neuen Bundes. Nur der Loki hält seitdem die Verbindung zum Lichtreich aufrecht. Er ist das Gefäß Elohims, er empfängt die göttlichen Weisungen und gibt sie weiter zum Wohle der Atlanter."

Tenupo schweigt. Stille erfüllt das enge Gemach. Nabors Inneres ist aufgewühlt, das Schicksal der Ahnen legt sich wie ein bedrückender Schatten auf seine Seele.

„Werde ich stark genug sein, den Dunklen zu widerstehen", löst sich die bange Frage von seinen Lippen.

„Du mußt Dich bereiten zu einem würdigen Werkzeug Elohims. Schreitest Du auf diesem Wege fort, werden große Kräfte Dir bewußt und große Macht ist Dir eigen in der Stunde der Gefahr." Die Augen Tenupos ruhen mit zwingendem Blick in den seinen. Nabors Herz schlägt beklommen, in ihm ringen seine Empfindungen. Wie schön war dieses Leben, und nun drohen Schatten alles zu verdunkeln. Doch seine Berufung ist es, die Schatten zu bannen. Lange sinnt er, dann fallen schwer, wie mühsam abgerungen, seine Worte in die Stille der Nacht: „So es der Wille Elohims ist, geschehe es."
„Es ist sein Wille", klingt es feierlich zurück, „die Stunde der Bewährung ist Dir nahe."
Mit einem Segensgruß scheidet der Oberpriester.
Die Zeit der Einweihung ist erfüllt. Priester bringen Nabor die königlichen Gewänder und führen ihn in die Königshalle zurück. Bald darauf erscheint Cerbio. Mit freudigem Ausruf schließt er den Freund in die Arme, dann betrachtet er ihn aufmerksam. Bleich und schmal ist Nabors Gesicht, die Augen liegen tief in den Höhlen, ein seltsamer Glanz geht von ihnen aus. Auch Cerbio sieht mitgenommen aus, aber er ist froh, daß die Tage vorüber sind. In sprudelnder Lebenslust bestürmt er den Freund mit Fragen. Nabor schweigt. Als Cerbio keine Ruhe gibt, sagt er still: „Du weißt alles, warum fragst Du mich." Betreten weicht Cerbio zurück. Wie verändert Nabor ist, so ernst und still, kaum erkennt er den glücklich-frohen Gefährten.
Ein feierlicher Abschied wird den Freunden zuteil. Der Loki segnet die Lukomanen. Wie ein gütiger Vater spricht er zu ihnen, dann zieht er Nabor an sich und haucht ihm ins Ohr: „Dein Weg wird schwer sein — gedenke Elohims und besinne Dich auf seine Kraft, die Dir lebendig wurde."

* * *

Die fremden Gäste halten die Bewohner von Mayagard in ständiger Aufregung. Tag für Tag durchziehen sie in kleineren und größeren Haufen die Wälder und Auen und jagen und erlegen die Tiere, die bis dahin friedlich dort lebten und weideten. An ihren bewehrten Stangen braten sie das Fleisch über dem offenem Feuer. Die Trinkhörner füllen sich immer wieder. Gesänge erklingen, hart im Ton und herausfordernd in Melodie und Takt. Mit wilden Sprüngen umtanzen sie die Feuer.

Die vornehmen Maya halten sich völlig zurück, nur Einzelne der Dienenden freunden sich mit den Tursen an.

Der alte Eseko bemüht sich, Wea die Sprache der Atlanter beizubringen. Der Turse ist ein eifriger Schüler, doch gibt der ihm gewohnte Kehllaut die Worte verstümmelt wieder. Der Palastherr macht ihn auch mit den Gepflogenheiten der höheren Maya bekannt. Schon seit Wochen trägt Wea kostbare Seidengewänder, die ihm Maya überreichen ließ. Diener salben und frisieren ihn nach atlantischer Sitte. Sein blauschwarzes Haar ist in der Mitte gescheitelt und umfließt in dunklen Locken das Haupt. Edelsteine funkeln von Stirnreif, Gewand und Händen.

Als er das erstemal in diesem Aufzuge vor Maya erscheint, ist sie betroffen von der fremdartigen Schönheit des Tursen. Belustigt hört sie seine Ansprache, die schwer und stockend von seiner Zunge fließt. Freundlich ist ihre Antwort: „Das Glück des Gastes ist das meine." Sie führt Wea durch den Palast. Wie ein großer Junge gibt er seiner Bewunderung lebhaften Ausdruck. Er läuft hin und her. Betrachtet hier eine Schale, befühlt dort Seidenkissen in ihrer bunten Pracht. Besonders gefallen ihm die kunstvoll geschnitzten Schreine und Truhen. Alles interessiert ihn. Zwischen Ausrufen des Entzückens, klingen viele Fragen auf, die Maya, so gut es geht, beantwortet.

Ein Mahl aus wohlschmeckendem Backwerk, vielen Früchten und gewürzt mit Wein, beschließt den Besuch, dem weitere folgen sollen.

* * *

Die Lukomanin geht unruhig in ihrem Gemach auf und ab. Seit Wochen wartet sie schon auf den Gemahl. Vor Tagen hat sie berittene Boten nach Bayagard gesandt, Nabors Rückkehr fordernd. Was geht in Bayagard vor, das Lichtfest ist längst vorüber.

In diesem Augenblick weicht der Vorhang. Ein Dienender tritt herein, staubbedeckt sein Gewand.

„Herrin", beginnt er, sich tief verneigend, „der Lukomane weilt im Tempel des Loki, mit ihm Cerbio, der Sohn Kaanas. Niemand darf vor ihr Angesicht."

Nabor und Cerbio Gäste des Loki. Was hat das zu bedeuten, ihre Gedanken rätseln umher. Sie wendet sich zu dem Dienenden, der still beiseite steht. „Rufe den Priester Amatur", befiehlt sie. Dann tritt sie an eine der Fensteröffnungen, blicklos schauen die Augen ins Weite. Maya grübelt. Die Priester werden ihn, den Gläubigen, ganz unter ihren Einfluß bringen wollen, durch ihn das Reich der Maya regieren, auch gegen ihren Willen. Tief graben sich die Zähne in die Unterlippen. Sie hat Huatami nicht vergessen, der sie in ihrem Stolz demütigte und ihren Willen zerbrach. Ein geringschätziges Zucken geht um ihren Mund, als sich ihre Gedanken wieder dem Gemahl zuwenden. Nabor ist ein Träumer, er ist Wachs in ihren schönen Händen. Nur eins fürchtet sie, seinen Glauben, für ihn ist der Loki der Mittler Elohims, ihm hat sich alles zu beugen. Verständnislos, fast mitleidig blicken seine Augen, wenn sie vorsichtig wagte, daran zu rütteln.

Eine leise Bewegung hinter ihr reißt die Lukomanin aus ihrem Brüten.

„Du riefest, Herrin?", begrüßt sie der Priester Amatur, ein junger Mann mit bartlosem Gesicht. Fragend sieht er sie an. Mit einer Handbewegung weist Maya auf einen Armstuhl, sie selbst läßt sich auf ihrem Ruhebett nieder.

„Mein Gemahl ist nicht zurückgekehrt", sagt sie langsam, unter halbgeschlossenen Lidern den Priester ansehend, „der Loki hält ihn auf der Tempelburg als Gast."

„So widerfährt dem Lukomanen hohe Ehre", erwidert Amatur. Sein Gesicht bleibt unbeweglich, vergebens forscht Maya in den beherrschten Zügen.

Lächelnd fährt Maya fort: „Eine Ehre — wohl, doch warum wird sie nur den Jünsten, Nabor und Cerbio, zuteil?"

„Cerbio, der Sohn Kaanas, ein Lukomane?", weicht der Priester aus.

„So kündete der Bote, den ich sandte", gibt Maya kurz zurück.

„Dann hat Huatamis Gnade ihn erhoben", meint Amatur.

„Huatamis Gnade", eine Falte zeigt sich auf der hohen Stirn. „Es wäre einfach Recht, dem Jungen nicht zu vergelten, was der Vater verbrach. Doch warum hält Huatami meinen Gemahl zurück", ein feindseliger Ton schwingt auf.

Kühl ist der Blick des Priesters, als er antwortet: „Nicht ziemt es Amatur, zu richten des Priesterkönigs Tun, frage Deinen Gemahl, wenn er Dir zurückgegeben, Lukomanin."

Langsam richtet sich Maya auf und erhebt sich. Stolz sagt sie: „Dein Rat, Priester, bannt nicht die Sorge meines Herzens. Vergebens rief ich Dich."

„Grundlos sorgst Du Dich, Herrin. Nabor ist in guter Hut in des Erleuchteten Burg, wo Elohims Diener des Lukomanen warten." Amatur verneigt sich und geht.

„Elohims Diener warten seiner", wiederholt Maya vor sich hin. Sie, die Priester, die durch Dienen herrschen und Herrscher zu ihren Dienern machen, rebelliert es in ihr.

Von fernt ertönt Hörnerklang, der näherkommend sich verstärkt. Verwundert horcht die Lukomanin auf, von allen Türmen erklingen die langezogenen Töne.

Ein Kämmerer tritt herein: „Des Lukomanen Zug nähert sich der Stadt."

Ein freudiger Schreck durchrieselt die Frau. Nabor kehrt zurück, nun ist alles gut. Mit einem Stab schlägt sie auf ein hängendes Metallbecken, es dröhnt durch den Palast. Dienerinnen stürzen herein, Palastherren folgen ihnen.

„Laßt uns den Herrn würdig empfangen", wendet sich Maya an diese. Eilenden Schrittes entfernen sie sich. Mit aufmunternden Worten übergibt sich die Lukomanin den kundigen Händen ihrer Dienerinnen.

Die Menschen drängen sich auf den Straßen, sie alle wollen Nabor ihre Freude über seine Rückkehr bezeugen. Mit stillem Lächeln dankt er ihren Huldigungen. Er lenkt sein Viergespann, nur langsam kommt es vorwärts. Die Wagen nähern sich dem Tempel. Auf der breiten Treppe stehen Amatur und andere Priester.

Nabor hält an. Ein Neigen des Hauptes gilt den Priestern. Amatur löst sich und kommt auf den Lukomanen zu.

„Elohims Segen Deiner Einkehr, Herr", sagt er leise. Prüfend gleitet sein Blick über Nabors hohe Gestalt. Da wird der Priester aufmerksam, etwas an des Lukomanen Augen und an seiner Haltung fällt ihm auf. Schon einmal sah er solche Augen voller magischen Glanzes. Er erinnert sich — Tenupo — als er Maya mit dem Lukomanen vereinte, hatte die gleichen Augen. Er weiß, was das bedeutet.

„So leuchtet das Auge des Geweihten, des nach Innen Geweihten. Immer erkennst du am Glanze des Auges den, der sich verbunden den lichten Mächten Elohims", hatte ihm sein Lehrer, ein alter Priester, offenbart. Nochmals sieht er schärfer hin — es ist so — Ehrfurcht erfüllt ihn, tief neigt er sein Haupt.

Mit seltener Klarheit erkennt Nabor den Grund des auffälligen Verhaltens. Wie eine Lichtwoge umfaßt sein Blick den Priester — einhüllend, erwärmend.

Amatur ist wie gebannt, seine Lippen bewegen sich — kein Ton wird hörbar. Dann klingt es zu Nabor empor: „Dank sei Elohim, daß er mir vergönnt, des Geweihten Antlitz zu schauen."

Die anderen Gespanne sind herangekommen, mit Erstaunen werden die Palastherren Zeugen der Szene.

Wieder spricht Amatur: „Eine dunkle Wolke ist erschienen, Herr. Wie ein Schwarm flatternder Mäuse sind dunkle Fremde aus dem Meere aufgetaucht und drangen in unser Land."

Ein schmerzhafter Stich durchfährt Nabors Herz. Die dunkle Gefahr ist da. Beherrscht fragt er: „Wo sind die Fremden?"

„Die Lukomanin empfing sie als ihre Gäste, sie wohnen in den Häusern der Dienenden deines Palastes, Herr."

Nabors Blick gleitet in die Ferne. „Die Stunde Deiner Bewährung ist nahe", hört er die Stimme Tenupos. Ein entschlossener Ausdruck tritt in das hagere Gesicht.

Ein Dankeswort zu Amatur, dann rattern die Wagen weiter. Unweit des Palastes erblickt der Lukomane die Dunklen. Teils in groben, kurzen Gewändern, teils im Fellwams, stehen und sitzen die Krieger Weas in Gruppen herum. Neugierig richten sich viele dunkle Augen auf den herannahenden Zug.

Von dem größten der Dienerhäuser löst sich die leichtgebückte Gestalt des alten Palastherren Eseko. Beschleunigten Schrittes nähert er sich. Eine unterwürfige Geste, er tritt heran.

„Freude löst Dein Anblick in unseren Herzen aus", sagt er feierlich.

„Seltsame Gäste gab uns das Meer", läßt sich der Lukomane vernehmen.

„Es sind Tursen, Herr, sie kamen auf Schiffen vom Osten, wo die Sonne aufgeht. Ihr Fürst Wea ist der Gast Deines Weibes. Sie befahl, ihn zu halten wie die Lukomanen Eya-Eyas. Soll ich ihn vor Dein Angesicht bringen?"

„Wenn der Sonne Ball zurücksinkt ins Meer und die Lichter Elohims am Himmel erstrahlen, will ich den Fremden rufen vor mein Angesicht."

Eseko tritt zurück, Nabor setzt seinen Weg fort.

Geschmückt in königliche Pracht steht Maya auf der obersten Stufe der Palasttreppe und erwartet ihren Gemahl. Ihr Herz klopft, unruhig geht der Atem, kaum bezwingt sie ihre Ungeduld.

Am Ende der von der Stadt heraufführenden Palmenallee wird der Wagenzug des Lukomanen sichtbar.

Von ihrem erhöhten Standpunkt aus, sieht Maya den Gemahl nahen. Ein Schreck durchfährt sie. Wie bleich er ist, wie ernst das schmalgewordene Gesicht. Nur die Augen leuchten in einem eigenartigen Glanz.

Nabor winkt zu ihr hinauf. Er gibt dem Lenker die Zügel und verläßt den Wagen. Dann springt er die Treppe hinauf und schließt sie in seine Arme. Still ist es in Maya geworden, wie ein Kind schmiegt sie sich an ihn, wohlig empfindet sie das weiche Streicheln zärtlicher Hände. „Maya", sagt er leise und nochmals, „Maya." Ihr Name klingt in seinem Munde wie das Motiv einer wundersamen Hymne, die all das einschließt, was sein Herz bewegt.

Hand in Hand treten die beiden in das Innere des Palastes.

In der Halle blickt Maya zu ihrem Gemahl auf, ihre Hände ruhen auf seinen Schultern. Forschend ist der Blick, als sie

92

sagt: „Viele Tage und Nächte sanken dahin, seit Du zum Rate der Fürsten zogst."

Zustimmend nickt Nabor: „Die Tage in Bayagard rannen dahin wie ferner, schöner Traum, und die Nächte waren voll des Lichts."

Der Glanz der Augen verstärkt sich, ein glückhaftes Lächeln verklärt das Gesicht.

Verwundert sieht es Maya. Etwas Fremdes hat Besitz ergriffen von Nabors Seele; etwas, was sie nicht kennt und an dem sie keinen Anteil hat. „Fremde kamen ins Land", sagt sie mit gepresster Stimme. Nabors Augen kehren zurück, freundlich erwidert er: „Ich weiß, Maya, ich lud sie zum Fest in den Palast."

* * *

An vielen Orten in den Landen Eya-Eyas schießen heiße Springquellen aus dem Boden. Um sie herum errichteten die Atlanter ihre Badehäuser. Große Rundbauten, aus Marmor erstellt, mit weiten Fensteröffnungen nach allen Seiten und offenem Dach, stehen sie überall verstreut in der blütenschwangeren Landschaft. Ein großes Becken umgibt den Springquell, fängt das Wasser auf, das in glitzernden Kaskaden herniederfällt. Weißer Dunst erfüllt die Badehalle. Rund um das Becken sind Ruhebetten aufgestellt. Hier betätigen sich die Badediener und Masseure.

Nabor weilt in der Badehalle, die mit dem Palast durch einen verdeckten Säulengang verbunden ist.

In ihm schreitet Mamya auf und ab. Er wartet auf den Lukomanen. Ein Diener tritt heran: „Der Herr schläft." Der Palastherr nickt und entfernt sich.

In der großen Halle dirigiert Premenio mit lauter Stimme die Vorbereitungen für das abendliche Fest. Dienende mühen sich, schwere Teppiche in violetten Farbtönen auf den weißen Marmorboden zu breiten. An den Wänden stehen Ruhebetten, bedeckt mit Seidenkissen gleicher Farbe, deren Silberborten und Quasten das dunkle Violett unterstreichen. Niedrige, runde Marmortische, in der Mitte Onyxschalen mit duftenden Blumen, finden ihren Platz an den Kopfenden der Ruhebetten. In große, goldene Ringe, überall hoch an den Wänden angebracht, werden Ölfackeln gesteckt, die aus Mandelholz bestehen, mit feinem Olivenöl getränkt, beim Verbrennen aromatischen Duft verbreiten. Auf den Schalen zahlreicher Dreifüße glimmen schon die Holzfeuer. Bald wird Ambra in ihrer Glut verschmelzen und die weite Halle mit Wohlgeruch erfüllen. Scherzhaft begrüßt Premenio Mamya: „Wohin, Gewaltiger, warum so ernst Dein Gesicht, verschwand Dein Herr Dir im Dampf des Wassers?"

Lächelnd gibt der Angeredete zurück: „Den Lukomanen umfing der Schlaf, da braucht er nicht des Getreuen Dienste."

„Mir scheint", lacht Premenio, „es wäre des Getreuen ernste Pflicht, dem Schlaf des Herrn zu wachen."

„Beruhige Dich, der Herr ist in guter Hut, der Rayaner Ekloh ist ein treuer Wächter", bitter sagt es Mamya.

Der Palastherr sucht Maya, er findet sie auf dem Dache. Auf einem Ruhebett, geschützt durch einen Teppichbaldachin vor den sengenden Strahlen der Sonne, träumt sie offenen Auges in die azurne Bläue des Himmels.

Leise tritt Mamya näher. Maya wendet den Kopf: „Wo ist der Herr?" „Nach dem Bade verfiel der Lukomane in tiefen Schlaf, Herrin", lächelt ergeben der Palastherr.

Maya richtet sich etwas auf, mit der Rechten stützt sie den Kopf, die grünlich-schimmernden Augen richten sich voll auf Mamya und betont fragt sie: „Was geschah mit Nabor, er ist verändert?" „Der Lukomane ist verändert, Du sagst es, Herrin", zögert der Palastherr.

„Sprich weiter, ich will Dein Urteil hören", herrscht ihn Maya an. „Der Herr ist so still und . . . ", Mamya stockt, er scheint nach einem Ausdruck zu suchen. „Und", forscht ungeduldig die Lukomanin. „Und so fern", beendet der Palastherr, und fortfahrend: „Seine Augen haben einen merkwürdigen Glanz." Er schweigt. Eine Gebärde Mayas heißt ihn weiter zu sprechen. Vorsichtig gibt Mamya seine Ansicht kund. „Es muß etwas Außergewöhnliches geschehen sein, das den Lebensfrohen wandelte zum stillen Mann." Wieder schweigt er und blickt die Lukomanin an.

Nervös nagt Maya an der Unterlippe. Er hat recht, ein anderer Nabor kam heim — ein Erwachsener, ein Gewandelter. Ein Jüngling zog hinaus, ein ernster Mann kehrte zurück. „Was mag der Grund sein", mehr zu sich selbst sagt es die Lukomanin.

Mamya zuckt die Achseln.

„Erzähle mir, was in den Mauern Bayagards geschah", fordert Maya. Mamya berichtet getreulich. Er schildert die Feste des Lukomanen und das der heiligen Lichtnacht. Er spricht über Cerbios Freispruch und Erhöhung, nur über die Vorgänge im Tempel weiß er nichts.

Mißmutig hört Maya zu. Kein Licht durchbricht das Dunkel des Geheimnisses, das hier zu walten scheint.

„Laß mich allein, Mamya", sagt sie kurz.

Gezwungen lächelt der Palastherr, er wendet sich zum Gehen. Da stockt sein Fuß, ein Gedanke ist ihm gekommen. Er tritt wieder näher. „Die Priester Mayagards empfingen den Herrn auf des Tempels Treppe", mit lebhaften Worten erzählt er der Aufhorchenden von der Begegnung Nabors mit Amatur und dessen auffälligem Verhalten.

„Amatur", sagt Maya. Mutlos läßt sie die Schultern sinken: „Amatur schweigt." Eine Handbewegung entläßt Mamya.

Ärgerlich denkt sie, sie halten zusammen, diese Priester.

Niemand dringt in ihre Geheimnisse. Und nun ist auch Nabor ihnen verfallen. Bis in ihr Ehegemach reicht Huatamis Macht, das Liebste ihr entfremdend. Zum zweitenmal wäre sie ihm unterlegen. Sein Spruch nahm ihr das Reich, sein Einfluß den Gemahl, der völlig ihr zu Willen war, so daß sie den Verlust der Macht kaum empfand. In selbstquälerischer Pein wälzt sich das schöne Weib unruhig hin und her. Wie eine Gefangene im prunkvollen Käfig, dessen unsichtbare Mauern näherrücken und ihr die Brust beschweren, flüstert tiefe Erbitterung in ihr. Wie ein Albdruck lastet die Vorstellung. Sie will Gewißheit haben, gleich wird sie Nabor fragen. Aber wird er ihr Rede und Antwort stehen? Schließlich hält es sie nicht länger auf dem Ruhebett. Mit einem Ruck erhebt sie sich. Erregt durcheilt sie das Dach und bleibt am Rande stehen. Wie schön ist diese, ihre Welt. Frei will ich sein, leben in Macht und Herrlichkeit. Sie breitet die Arme der Sonne entgegen, als wolle sie deren Hilfe anrufen. Der innere Krampf löst sich — da ein Geräusch — erschreckt fährt sie herum. Niemand ist zu sehen. Schnellen Schrittes ist sie an der Treppe, die in das Innere des Palastes führt. Sie spät hinunter — nichts ist zu sehen. Beruhigt kehrt sie zu ihrem Ruhebett zurück und läßt sich in die Kissen fallen. Es ist ihr plötzlich, als strichen zärtliche Hände über ihr Gesicht. „Nabor", flüstert sehnsüchtig der volle Mund.

* * *

Die Königshalle des Palastes strahlt im Scheine vieler Fackeln, die leise knistern sich verzehren. Ihr flackerndes Licht spiegelt sich in den Marmorwänden, verstärkt beleben die Strahlenbündel das dunkle Violett der Teppiche, Vorhänge und Kissen. Hellblitzend bricht sich das Licht an silbernen Borten, Quasten und Fransen. Nach oben geöffnet, wird der Blick gefangen vom nächtlichen Himmel flimmernder Sternenpracht.

Auf eine teppichbelegte Erhöhung führen wenige Stufen zu den Stühlen des Lukomanenpaares.

Eine Farbe beherrscht den hohen, weiten Raum, ihn einhüllend in eine prunktvolle Behaglichkeit.

In den Nebengemächern, durch Vorhänge getrennt, stimmen die Spieler ihre Instrumente, wartet der Tänzer und Tänzerinnen Schar. Die Dienenden laufen hin und her und bringen große Platten mit Früchten aller Art: Ananas, Orangen, Trauben, Bananen, Datteln, Feigen und Nüsse verschiedener Größen. Auf anderen Platten häuft sich Backwerk aus Reismehl in vielfältigen Formen. In goldenen Krügen steht der Wein bereit.

Dumpf tönt der große Gong am Eingang der Halle.

In Festgewändern nahen die Palastherren, ihnen folgen die Kämmerer. Sie durchschreiten die Halle und nehmen zu beiden Seiten der thronartigen Erhöhung Aufstellung.

Wieder tönt der Gong — einmal, zweimal.

Ein Vorhang öffnet sich. Maya erscheint, gefolgt von ihren Frauen. Weiße Seide umschmiegt die schlanke Gestalt. Ihr einziger Schmuck ist eine Reihe ausgesuchter Perlen. Eine Perlenschnur windet sich auch durch ihre leuchtenden Haare. Die Lukomanin läßt sich auf dem linken Sessel nieder. Prüfend schweift ihr Blick in die Runde. Offenbar befriedigt, erntet Premenio ein freundliches Lächeln, das er mit einer Verneigung quittiert. Die Hörner erschallen auf den Türmen des Palastes. Dreimal dröhnt der Gong.

Der Lukomane kommt allein. Dunkelviolett vereint mit Silber, die Lieblingsfarben Nabors, schimmern auf. Ein silberner Reif, von dem ein großer Topas auf die Stirn tropft, umschließt das blonde Haupt. Das gelbliche Feuer von Topasen in allen Größen sprüht von den silbergeflochtenen Hals-

97

ketten, den Armringen und den Silberborten des Gewandes. In silberfarbenen Schuhen schreitet der Herrscher durch die Halle. Tief verneigt sich der Hofmannen Schar. Die Lukomanin hat sich erhoben. Das Violett, das von allen Seiten ihn umgibt, läßt das scharfgeschnittene Gesicht noch bleicher erscheinen.

Ein mildes Lächeln verwischt die harten Konturen, als er seinem Weibe königlichen Gruß erweist. Gelassen nimmt er neben Maya Platz. Ein Wink ruft Mamya herbei. „Führe den Fremden vor mein Angesicht."

Mit anderen Palastherren entfernt sich Mamya, um den Tursenfürsten herbeizurufen. Ein Pfad weicher Teppiche führt zum Hause des Tursen. An ihm entlang beleuchten zahlreiche Palastknaben mit ihren Fackeln den Weg.

Geführt von Mamya und Eseko und gefolgt von den anderen Palastherren, wird Wea in die Halle geleitet. Angesichts der sinnverwirrenden Pracht bleibt der Turse überrascht stehen. Ein weißes Prunkgewand, rubinübersät — ein Gastgeschenk Mayas — läßt die braune Hautfarbe noch dunkler, das schwarze Haar noch schwärzer erscheinen. Mit geschmeidigen, eigentümlich federnden Schritten nähert sich Wea dem Lukomanenpaare. Eseko bleibt hinter ihm, notfalls der Verständigung zu dienen.

Erstaunt gleitet Nabors Blick über die Erscheinung des Fremden. Wie vordem Maya, empfindet auch er den fremdartigen Reiz des Tursen. Er erhebt sich, neigt das Haupt, und sagt: „Seid mir Willkommen, Wea, Fürst der Tursen. Verweile als mein Gast im Schutze meines Landes. Die Sorge um Dein Wohlergehen wird erste Pflicht des Lukomanen sein."

Zur nicht geringen Überraschung der Anwesenden erwidert Wea in wohlgesetzter Rede in der Sprache Eya-Eyas, nur wenig von fremdem Akzent gefärbt.

Maya blickt dankbar Eseko an, der befriedigt lächelt. Viele Mühe hat es sich der alte Palastherr kosten lassen, seinem Schützling die fremde Sprache beizubringen. Erleichtert wurde ihm das Beginnen durch den zähen Willen des Tursen und seine Aufmerksamkeit. Eine Handbewegung des Lukomanen und Premenio geleitet den Tursen zu einem Ruhebett nächst dem Throne. Kämmerer bemühen sich um den Gast.

Musik rauscht auf, das Fest beginnt. Es ist eine Symphonie der Schönheit und des Glanzes, die alle Sinne befriedigt. Als der junge Morgen erwacht und die Sonne von Atlantis aus dem Meere steigt, wird Wea unter Hörnerschall zurückgeleitet.

* * *

Große Herden wilder Pferde durchstreifen die blühenden Auen Eya-Eyas. Leicht sind sie zu fangen, denn alle Tiere leben friedlich nebeneinander, weil der Mensch sie in Frieden gedeihen läßt. Er spielt mit ihnen, er nutzt sie für Arbeitszwecke, aber der Ahnen heiliges Gesetz verbietet ihm, ihr Leben zu gefährden. Unfaßbar ist den Mayas der Tursen wildes Jagen. Mit Abscheu beobachten sie, wie die Fremden das Fleisch der getöteten Tiere über den Feuern braten und verzehren.

Bei seinen Ausfahrten hört Nabor bewegte Klagen. „Sie scheuchen uns die Tiere, Herr. Verängstigt und furchtsam weichen sie uns aus und folgen wir ihnen, wenden sie sich gegen uns." Dem Lukomanen wird die ganze Tragweite des Treibens der ungebetenen Gäste bewußt. Er sinnt und grübelt, wie er dem begegnen könnte. Er kommt zu keinem Entschluß. Das Gastrecht verbietet ihm, die Fremden fortzuschicken. Und würden sie gehen, wenn er es befiehlt? Sie haben Speere mit Spitzen aus blinkendem Metall, die sie totbringend durch die Lüfte schleudern, sie würden nicht zurückschrecken vor eines Menschen Leben. Wie machtlos ist er in all seinem Reichtum und Glanz. Sie werden das reine Bewußtsein zerstören. „Hilf Elohim", betet sein Herz, „nimm von uns der Dunklen Last."

Ein lichter Hauch umfängt ihn und hüllt ihn ein, ihm alle Schwere nehmend. Beglückt schließt er die Augen. Licht glutet in ihm auf und in dieses Lichtes Weben schwingt entrückt seine Seele. Eine hauchfeine Stimme raunt in ihm: „Warte, bis Deine Stunde kommt."

Da betritt Maya das Gemach. Sie sieht den Gemahl, wie schlafend, auf dem Ruhebett, ein fernes Lächeln verschönt sein Gesicht. Als sie näher tritt, öffnet Nabor die Augen, ein faszinierender Glanz leuchtet ihr entgegen. „Du schliefst, Geliebter", ihre weiche Stimme umkost ihn. Er erhebt sich und zieht Maya zu sich. Zärtlichkeit blüht auf. Sie spielt mit den langen Locken seines Haares, er spürt die Wärme des schönen Weibes, liebevoll streicheln seine schlanken Hände.

„Du bist immer so still und fern." Mamyas Worte stehen im Raum. Nabors Gesicht wird ernst. „Oft erkannte ich Dich nicht wieder, seit Du heimkehrtest aus Bayagards Mauern", hört er Maya sagen. Seine Augen lösen sich von ihr, sie suchen die Weite. Eine Weile Stille, in der die Frau ihr Herz schlagen hört. In feierlichem Tone wird ihr die Antwort zuteil. Mit verklärtem Ausdruck sagt Nabor: „Elohims Licht streifte mich." Verständnislos starrt Maya den Gemahl an. Ihr Herz krampft sich zusammen. Huatami spricht aus ihm, geht es ihr lähmend durch den Kopf. Was sie fürchtete, ist eingetreten. Stumm lehnt sie in seinen Armen, dann löst sie sich. Mühsam erzwingt sie ein Lächeln. Sie muß allein sein, zu bitter ist die Erkenntnis, teilen zu müssen mit dem Verhaßten.

Erfüllt von seinem Glück, bemerkt Nabor nicht die Veränderung, die in seinem Weibe vorgegangen. Wieder zieht er sie in seine Arme, widerstrebend macht sie sich frei. Kühle umweht sie, ihre Augen zeigen einen harten Glanz. „Wea lud zur Jagd, er wird bald erscheinen", sagt sie kalt.

Betroffen horcht der Lukomane auf. „Zur Jagd?" Er fügt hinzu: „Die blutige Unsitte der Fremden bleibe uns fern."

Der bestimmte Ton reizt den Widerspruch Mayas, sie sagt: „Des Mannes Mut stählt sich in der Gefahr."

„Es ist kein Mut, ein wehrloses Tier zu erschlagen", gibt Nabor ruhig zurück.

„Die Atlanter meiden den Kampf, weil sie ihn fürchten", begehrt das schöne Weib auf.

„Maya, was redest Du", beschwörend sagt es der Lukomane. Doch jetzt bricht es aus ihr heraus — unbezähmbar. Die innere Verbitterung, die sie quält, dringt über die bebenden Lippen, die Augen funkeln voller Zorn:

„Feige seid ihr Atlanter in euren Herzen, gebannt durch der Priester Macht. Sie schaffen die Gesetze, die euch die Hände binden. Sie leiten euch wie unmündige Kinder. Nicht Herren seid ihr eurer selbst, nur Knechte ihres Willens. Auch Dir zerbrachen sie stolzen Freimut und dunkelten Dir die Sinne und das Gemüt." Hochaufatmend hält die Lukomanin inne.

Wie zur Abwehr hat Nabor die Hände erhoben. Trauer ist in ihm, voller Mitleid blickt er auf die Zornige.

Da dröhnt der Gong. Ein Kämmerer erscheint: „Der Tursen Fürst betrat die Halle."

„Maya", sagt Nabor mit herzlicher Güte, „Laß uns ihm bedeuten, daß es nicht Brauch der Fürsten Eya-Eyas ist, das Getier zu scheuchen."

„Des Gastes Wunsche zu willfahren, dünkt mir ein besserer Brauch." Stolz wendet sich die Lukomanin, der Vorhang schlägt zusammen, Nabor ist allein.

Sinnend geht er auf und ab, dann bleibt er stehen. Ihm ist Klarheit geworden. Will Maya in ihrem Trotz die Wege der

Fremden gehen, so mag sie es tun. Er bleibt sich selbst getreu und Elohim.

* * *

In der Königshalle wartet Wea mit einigen Oberen seines Stammes. In Fellwams mit Hornketten geschmückt, treibt innere Unruhe den Tursen hin und her. Endlich erscheint Maya. Sie trägt ein fußfreies Gewand, das Haar mit Bändern eng umschnürt, an ihrem Gürtel blitzt ein tursischer Dolch. Bewunderung zollt Wea. Mit kurzen Worten dankt sie und blickt sich um. Nabor ist noch nicht da. Was wird er tun? Die Erregung ist in ihr abgeklungen, nur ein unbehagliches Gefühl blieb.

Mamya betritt die Halle, gemessenen Schrittes kommt er näher. „Wo ist der Herr", fragt Maya. Der Palastherr antwortet ihr nicht, er wendet sich an Wea. „Der Herr dankt Dir, Fürst der Tursen, doch unmöglich ist es dem Lukomanen, die hehre Sitte der Ahnen zu durchbrechen. Glück walte über Dein Beginnen."

Erstaunt funkeln die dunklen Augen des Tursen Maya an. Unschlüssig verharrt sie schweigend, den Mund zusammengepreßt, die Augen schließen sich zu einem schmalen Spalt. Nabor wirft den Ball zurück. Sie rief den Zwiespalt in ihm wach. Sie stellte ihn vor die Entscheidung, seiner Glaubenshörigkeit zu folgen oder der äußeren Ehre als Gastherr Genüge zu tun. Nun muß sie sich selbst entscheiden. Folgt sie dem Tursen, verletzt sie ein ungeschriebenes Gesetz und nimmt offen Partei für die Fremden, gegen Nabor und ihr Volk. Lehnt auch sie ab, unterwirft sie sich, muß sie sich aufgeben in ihrem Herrscherwillen. Sie hat sich in ihr eigenes Netz verwickelt. Ein schwerer Kampf tobt in ihrem Innern. Minuten verstreichen — da sagt Wea: „Ist in Deinem Lande die Königin nicht Herrin ihres Willens?"

Das gibt den Ausschlag, ihr Stolz bäumt sich auf. Hocherhobenen Hauptes schreitet sie dem Tursen voran zur Halle hinaus. Mit triumphierendem Lächeln folgt ihr Wea, er begehrt dieses schöne Weib und will sie besitzen, wenn nicht anders, sogar mit Gewalt.

Schwarze Hengste mit weißer Mähne und Schweif, ein seltenes Züchtungsprodukt, der Lukomanin gehörig, reißen den leichten zweirädrigen Wagen in rasender Fahrt durch Mayagard ins Freie. Die Schnelligkeit der Fahrt benimmt Maya fast den Atem, krampfhaft umklammern ihre Hände den Wagenrand. Doch des Wagenlenkers nervige Fäuste halten sicher die Zügel und zwingen die feurigen Pferde unter ihren Willen. Hinter dem Viergespann jagt Wea mit seinen Tursen. Auf den Hals der Pferde gebeugt, hocken sie, ohne Sattel noch Decke, auf den Rücken ihrer Pferde, sie mit wildem Ruf zu noch schnellerer Gangart antreibend.

Nabor sieht von des Daches Zinnen dem Jagdzug nach. In ihm ist eine große Leere, ein paarmal würgt es ihm in der Kehle. „Dein Weg wird schwer sein", sagte Huatami. Es fröstelt den Lukomanen in der heißen Sonne. Mamya betritt das Dach. Blicklose Augen schauen ihn an. Er sieht mich nicht, denkt er. Mitleid mit dem jungen Herrn steigt in ihm auf; mit wortloser Verneigung zieht er sich zurück.

* * *

Wie eine wilde Jagd braust der Zug durch die Straßen der Stadt. Verwundert heben die Mayas die Köpfe, manches mißbilligende Wort wird laut. Die Lukomanin sieht und hört nichts, sie ist ganz hingegeben dem Rausch der rasenden Fahrt. Losgelöst von aller Schwere, bemächtigt sich ihrer das Gefühl seligen Freiseins.

Das Jagdgebiet ist erreicht. Langsam fährt der Wagen auf eine Anhöhe. Von hier öffnet sich ein Ausblick auf weite Wiesen, die vereinzelt mit Gebüsch bedeckt sind. Wasserarme durchziehen das Gebiet, an das sich große Reisfelder schließen, im Hintergrund von dunklen Wäldern begrenzt.

Die Reiskultur wird in Eya-Eya im großen Stil betrieben. Gequollener Reis bildet neben den Früchten den wichtigsten Bestandteil der Ernährung. Aus Reismehl wird auch alles Backwerk hergestellt. In Verbindung mit Milch und Fruchtzucker werden die köstlichsten Speisen bereitet. Der Atlanter bevorzugt wegen der gleichmäßig warmen Temperatur kalte Speisen, auch der gequollene Reis wird kalt gegessen. Gekühlter Traubensaft oder Wein sind die Lieblingsgetränke.

Die Tursen schwärmen aus. In langer Reihe geht es erst vorwärts, dann schwenken sie einzeln ein und jagen mit wildem Geheul durch die Wiesen, aufgescheuchte Tiere vor sich hertreibend. Einige von ihnen werden mit wohlgezieltem Speerwurf getötet. Plötzlich bricht ein großer, schwarzer Panther aus dem Unterholz. Er nähert sich in mächtigen Sprüngen der Anhöhe, von der Maya, auf dem Wagen stehend, die Jagd beobachtet. Einige Tursen verfolgen das Tier. Speere schwirren durch die Luft. Ein Aufbrüllen des Panthers — die Spitze eines Speeres drang ihm in die Flanke. Er bricht nieder, geworfen von der Wucht des Anpralls. Dann springt er heulend, mit mächtigem Satz in die Höhe, der Speer gleitet aus der Wunde — der Panther jagt die Anhöhe hinan. Entsetzt starrt Maya, keines Lautes fähig, in die blutunterlaufenen Augen des wütenden Tieres. Der Panther zögert, duckt sich, setzt zum Sprung an. Ein greller Schrei Mayas. Eine dunkle Gestalt landet vor dem Wagen, ein Dolch blitzt auf, tief dringt die Waffe in des Panthers Rachen und mit gurgelndem Wehlaut fällt er zurück.

Die Gefahr erkennend, als das Tier die Richtung nach dem Hügel nahm, auf der er Maya weiß, hat Wea sein Pferd herumgerissen. Im gestreckten Galopp, auf dem Rücken des Pferdes stehend, ist er seitwärts herangebraust, um in gewaltigem Sprunge im letzten Augenblick großes Unheil abzuwehren.

Totenbleich lehnt Maya am Wagenrand, ein mattes Lächeln dankt dem Tursenfürsten. Ein Trunk frisches Wasser, schnell in einem Horn herbeigeschafft, stärkt die Lukomanin. Erschrocken sieht sie, daß Weas Rechte blutet. Die Zähne des Panthers rissen im Todeskampf tiefe Wunden.

Lächelnd wehrt sich der Turse ihrer besorgten Fragen. Ein paar große Blätter werden um die Hand gewickelt, dann gibt Wea das Zeichen zur Heimfahrt. Schweigend reitet er neben Mayas Viergespann, das auf seinen Befehl langsam fährt.

Die überstandene Todesgefahrt zittert noch in Maya nach. Verstohlen blickt sie zu ihrem Retter.

Ein Bild vollendeter Männlichkeit sitzt Wea, wie angegossen, auf seinem Schimmelhengst. Das rassig-braune Gesicht mit dem kühnen Profil, die blauschwarz glänzenden Haare, sehnige Beine und Arme, geben den Eindruck selbstsicherer Kraft.

„Immer noch bewegt mich Dein Mut, Wea, mit dem Du mich aus höchster Gefahr befreitest", sagt Maya im bewundernden Tone.

Ernst antwortet der Turse: „Mein Leben ist Kampf, Königin. In den Bergen und Wäldern meiner Heimat lauert der Tod in vielen Gestalten, und nur der Kampferprobte vermag zu bestehen, denn hart ist das Leben der Tursen."

„Niemals hätte ein Atlanter Gleiches getan", gibt Maya ihren Gedanken Ausdruck.

„Dein Volk, Herrin, lebt in einem schönen Traum. Nie zuvor erblickten meine Augen so herrliches Land, wo Tier und Frucht gedeihen in verschwenderischer Fülle und der Menschen Dasein dahinfließt ohne Schwere."

„Alles ist ihnen Spiel", sagt die Lukomanin bitter, „sie meiden den Kampf, sie folgen gehorsam wie die Schafe dem Hirten der Priester Wort, die ihnen noch glücklicheres Sein im Reiche Elohims verheißen."

Forschend wird Weas Blick. Wort und Ton lassen ahnen, daß die schöne Herrin nicht glücklich ist. Vorsichtig erwidert er: „Ich kenne Elohim nicht und weiß nichts von seinem Reiche. Des Sonnengottes Licht und Glanz gibt unserm Leben Kraft und Stärke. Er durchdringt alles Sein. Er sättigt unsern Leib und froh wird das Gemüt in seiner Wärme Glut."

„Der Sonnengott", Maya sucht den Sinn zu erfassen, dann fragt sie: „Du meinst die Sonne, die uns leuchtet, wie kann sie ein Gott sein?"

„Erweckt die Sonne nicht das Leben in vielfältiger Form und bringt das Erweckte zu herrlicher Blüte. Herrschen nicht Dunkel und Tod, wo ihres Lichtes Strahl nicht hindringt", gibt Wea zu bedenken. Ein kurzes Schweigen, dann beginnt der Turse wieder: „Immer wieder steigt sie siegreich auf, des Dunkels Macht überwindend. Sie wird und stirbt und ersteht wieder. Wie sie, so alles Leben, das Deine Sinne wahrnehmen, Königin."

Maya sinnt, seine Worte klingen in ihr nach. „Wie einfach und natürlich ist das", sagt sie zustimmend, „Dein Gott steht Dir sichtbar vor Augen, kein dunkles Geheimnis verschleiert ihn Dir. Er ist ein Gott, hold diesem Leben, ein ewig Werdender und Sterbender, nahe dem Menschen und unmittelbar zu fühlen in seines Wirkens Macht. Der Gott von Atlantis ist ein Gott im Dunklen, niemand kennt ihn, niemand sah ihn, nur der Priester Mund kündet ihn."

„Traum ist, was Deine Sinne nicht erkennen, Königin", bestimmt sagt es der Turse und fortfahrend: „mein Gott ist der Gott der Tat. Er streitet, kämpft und siegt; und der Mensch

106

muß kämpfen wie er, wenn er bestehen will. Der siegreiche Kämpfer ist ihm nahe, nicht der Priester, der ihn nur preist, und darum ist der Priester nur des Kriegers Diener und sein Helfer."

Der Lukomanin Augen werden groß, eine wundersame Rede ist das Vernommene ihren Ohren.

„Wenn ein Sohn mir beschieden würde, so soll der Sonne Freiheit ihn umfluten. Er soll als Kämpfer voller Mut die Gefahren suchen und bezwingen. Ein Herr soll er sein, kein Knecht der Priester." Die grünschimmernden Augen glühen, die Stimme hat metallenen Klang.

Der Anblick des Weibes in ihrer Erregung, dieses herrlichsten Geschöpfes, das je sein Auge geschaut, verschlägt Wea fast den Atem. Unbezähmbares Verlangen nach ihrem Besitz brennt in ihm. Er beugt sich und streckt die Rechte vor: „Die Hand, die Dich schützte in der Gefahr, legt ein Reich Dir zu Füßen, in dem Du Herrin bist nach Deinem Willen. Und wagte Priester oder Knecht Dir zu widerstehen, der Königin, so würde", drohend schwingt die wunde, geballte Hand, „diese harte Faust ihn zerschmettern wie einen tollen Hund."

Der elementare Ausbruch des sonst so beherrschten Tursenfürsten erweckt in Maya die widerstreitendsten Gefühle. Den Mund schmal, das Gesicht verschlossen, die Augen verschleiert vom seidenen Schimmer langer Wimpern, so fährt die Lukomanin stumm und regungslos, einer Statue gleich, durch die belebten Straßen Mayagards. Vor dem Palast angekommen, hilft ihr der Turse vom Wagen. Ihr Blick dringt in den seinen, mit leichtem Lächeln sagt sie, die wunde Rechte vorsichtig ergreifend: „Dieser Hand danke ich mein Leben, sie will ich rufen, wenn mein freiheitliches Herz die Enge zerbrechen will."

„Ich warte, Herrin, und das Reich der Tursen wartet der Königin." Freude leuchtet aus den dunklen Augen. Es treibt ihn, sie an sich zu reißen, doch er bezwingt sich. Steif und würdevoll verneigt er sich, wie es die Sitte fordert und gibt ihr den Weg frei.

Mit schweren Füßen steigt Maya langsam die Stufen zum Palast empor. Wie wird sie dem Gemahl begegnen. Hochmütig wirft sie den Kopf zurück, stolz rafft sie sich. Sie wird kämpfen für sich und des kommenden Sohnes Freiheit. Entschlossen durchschreitet sie das Tor.

Freundlich empfängt sie Nabor. Maya ist überrascht, sie hatte Vorwürfe zu hören erwartet, für die sie sich wappnete. Nichts dergleichen. Er ist gleichmäßig ruhig wie immer, nur in seinen Augen glimmt ferne Trauer.

Lebhaft, ihre Unruhe zu verdecken, schildert die Lukomanin ihr Erleben und preist des Tursen kühne Tat, der sie tödlicher Gefahr entriß.

Nabor bleibt still, dann sagt er: „Ich werde ihn königlich belohnen für seine Tat."

„Du würdest ihn kränken, wie Du ihn kränktest, als Du seiner Einladung nicht folgtest", entgegenete Maya gereizt.

„Du wirst müde sein, Maya, pflege der Ruhe", ist die gelassene Antwort. Der Lukomane verläßt die Halle und begibt sich zu dem Tursenfürsten.

Die Ruhe und Freundlichkeit des Gemahls macht Maya unsicher. Ein Gefühl der Verlassenheit überkommt sie. Er geht über mich hinweg, behandelt mich wie ein störriges Kind, nagt es in ihrem Innern. Eine unsichtbare Wand scheint aufgerichtet zwischen ihr und ihm. Noch kann ich zurück — aber um welchen Preis. Wieder schwingt das Geschehen der letzten Stunden in ihr auf, sie erlebt es nochmals in allen Einzelheiten. Das Bild Weas steht vor ihr. Er begehrt sie. Sie empfand es schon lange, aber erst heute wurde ihr die Gewißheit.

Wea oder Nabor — der eine mit allen Sinnen in kraftvoller Mannesblüte diesem Leben hingegeben, ein Barbar, gewiß, aber wandlungsfähig; der andere aus altem Königsgeschlecht, verfeinert bis in die Fußspitzen und vollendeter Ausdruck atlantischer Geistlichkeit und Kultur. Ohne Ehrgeiz, als den, in Harmonie und Schönheit zu wandeln durch seine Tage, um einst, frei von Schatten, heimzukehren in das Lichtreich, an das sein gläubiges Herz glaubt und das er ersehnt.

Schwer ringt sich der Atem aus der Brust der Frau. Sie kann ihm nicht folgen auf seinem Wege. Sie liebt das pulsierende Leben, sie liebt die Macht, sie will sich regen, will herrschen und walten nach ihrem Willen. Sie hoffte, es durch ihn tun zu können, diese Hoffnung ist zerbrochen. Freundlich-gleichmütig weist er sie auf den Platz der Gattin, nimmt ihr die Macht und überläßt es ihr, sich damit abzufinden. Maya findet sich nicht mehr zurecht. Irgendwie fühlt sie sich entwurzelt — wer kann ihr helfen? Die Götter von Atlantis helfen nur dem, der den Priestern folgt. Sie aber hat kein Vertrauen zu ihnen, sie ist in dieser Welt — ihrer Heimatwelt — eine Fremde geworden. Wieder taucht das kühne Gesicht Weas vor ihr auf: Das Reich der Tursen wartet der Königin. Noch klingt es in ihren Ohren, und ein triumphierendes Lächeln erhellt mit hartem Glanz das schöne Gesicht.

* * *

Zur großen Überraschung Esekos steht plötzlich der Lukomane in der Halle des Hauses, das den Tursenfürsten beherbergt. Mit vielen Verbeugungen und Redensarten empfängt der alte Palastherr seinen Herrscher.

Nabors Blick gleitet über ihn hinweg, er überhört die Phrasen und fragt kurz nach Wea.

„Er begab sich zur Ruhe, Herr. Seine Hand war blutig vom Biß des Panthers. Ich pflegte seiner, nun schläft er", dienert

untertänig der Alte. „Künde ihm, daß ich ihn hier erwarte",
erklingt kühl der Befehl. Eseko verschwindet eilend.

Der Lukomane wartet. Seine Sinne sind nach Innen gerichtet.
Er weiß, jetzt kommt die Entscheidung.

In inbrünstigem Gebete hat er auf der Zinne des Palastes, nach
dem Weggang Mayas, um innere Fassung gerungen. Der
Schmerz, der der ersten Leere folgte, war so gewaltig gewesen,
daß es ihn schüttelte wie ein Sturm. Bis sein wehes Herz sich
durchgerungen und seine Lippen leise die Worte stammel-
ten: „So es Dein Wille, Elohim, geschehe es." Langsam war
Ruhe in ihm eingekehrt. Er war in die innere Stille geglitten,
da raunte wieder die feine Stimme: „Deines Herzens Opfers
befreit Atlantis von der Dunklen Schar. In Frieden lasse sie
ziehen, auch das Weib, das sich selbst mehr liebt als Dich."
Sein demütiges Herz bebte in letztem schmerzhaften Zuk-
ken, dann hatte er gefaßt sein Schicksal auf sich genommen.
Ein Klirren von Metall läßt ihn den Kopf wenden. Wea ist
erschienen. Schwerer Metallschmuck liegt, in Blättchen ring-
förmig angeordnet wie ein Panzer, über Schultern und Brust.
Höflich dankt Nabor für die Errettung Mayas.

Mit unverkennbarem Stolze wehrt der Turse ab. „Es war
Pflicht, die Königin zu bewahren, denn ich führte sie in die
Gefahr." Nabor nickt zustimmend. Einem plötzlichen Im-
puls folgend, geht er unvermittelt auf sein Ziel los.

„Schon viele Monde entbehrte der Tursen Reich die Hand
seines Herrn. Fast fühle ich mich schuldhaft, Dich, als meines
Hauses Gast, fernzuhalten Deiner Fürstenpflicht."

Befremdetes Erstaunen malt sich in Weas Zügen, er zögert
mit der Antwort.

Unentwegt umschließt der Lichtkegel der Strahlaugen Nabors den Tursen. Ein merkwürdiger Schimmer legt sich um
die Gestalt des Lukomanen. Es ist ein wortloses Ringen — Se-

kunden verstreichen. Wea wird unsicher, er kann den Blick Nabors nicht mehr ertragen und schlägt die Augen zu Boden. Stockend sagt er: „Zum Kampfe fuhr ich aus, doch Deines Weibes Schönheit hielt mich gefangen, so blieb ich als ihr Gast und meiner Mannen Waffen wurden gehalten zu friedlicher Jagd."

„Deiner Mannen Wünsche zu erfüllen, soll meiner Diener Schar, Dir Deiner Schiffe Raum mit Gold und Edelsteinen füllen, damit nicht vergeblich war die Fahrt."

Unwillen zeigt sich im Gesicht des Tursen, doch er bezähmt sich. „Reich beschenkt durch Deiner Freundschaft Huld, kehre ich zurück, doch Deines Goldes bedarf es nicht", erwidert er stolz.

„Meine Freundschaft bleibt Dir auf Deinem Wege", sagt Nabor und streckt dem Tursen die Hand hin.

Wea zögert, kann er die Freundschaft eines Mannes annehmen, dessen Weib er mit allen Sinnen begehrt. Aber hatte ihn nicht dieser Atlanter listig beim Wort genommen. List gegen List. Sein Gesicht verzieht sich zu einem breiten Lächeln, er schlägt ein.

Mit schmerzlicher Klarheit empfindet Nabor des Tursen Doppelspiel, wüßte er es nicht, der kalte Blick der dunklen Augen ließe es erkennen.

„Wenn des Schicksals Mächte es mir vergönnen, Dich in der Tursen Berge gastlich zu empfangen, will ich Dir danken", beginnt Wea von neuem. „Hier kann ich es nicht. Vieles sah ich in Deinem Reiche, was mir fremd und manches, was dem Tursen helfen könnte, seines Lebens hartes Los zu lindern."

„So wähle Dir, was Du für wert erachtest, da weder Gold noch Edelsteine Dein Sinn begehrt", erwidert ruhig der Lukomane und fährt fort, „Eseko wird Deine Wünsche hören, und Dir zu dienen ist sein Amt."

„Deine Großmut wird mir Richtschnur sein. Nur das Wertvollste wird Weas Hand ergreifen, um es heimzuführen in meiner Väter Land. Dein Wort läßt mir die Hoffnung, daß meine Wahl keinen Schatten wird beschwören auf unserer Freundschaft Tage."

Höhnisch der Blick, er unterstreicht die Doppelzüngigkeit der Worte.

Die verhüllte Feindseligkeit der Atmosphäre erweckt in Nabor starkes Widerstreben, er hat getan, was ihm zu tun befohlen. „Gewähre mir das Glück, den Gast und Freund, mit Fest und Spiel zu ergötzen, bevor die Scheidungsstunde uns trennen wird für lange Zeit." Höflich ist der Worte Klang, und höflich folgt die Antwort: „Gern folge ich Deinem Rufe, denn hohe Ehre dünkt es mir, zu weilen als Gast und Freund im Palaste des Lukomanen, doch gibt mir die Freiheit, die Stunde zu erwählen."

„Es sei, Fürst der Tursen, wenn die Stunde gekommen, künde sie mir", abschließend sagt es Nabor. Ein Kopfnicken, er wendet sich zum Gehen. Sein Gesicht ist bleich, die Nasenflügel beben. Der Hohn des Tursen, der sein Spiel gewonnen wähnt, erschöpfte fast seines Willens Kraft. In Mayas Händen liegt die Entscheidung. Ist ihr Herz ihm abgewandt, dann wird es so geschehen, wie die Stimme ihm offenbart.

Wieder völlig gefaßt, betritt Nabor seines Weibes Gemach. Erschreckt schaut sie auf, sie sieht in das ernste, blaße Gesicht. Unheil fürchtend, fragt sie: „Wie fandest Du Wea? Bringen seine Wunden Gefahr für des Gastes Leben?"

„Leicht scheint die Wunde, der Fürst der Tursen ist wohl, doch denkt er heimzukehren in seiner Väter Land", langsam fallen die Worte in die unruhige Seele des Weibes. Mühsam zwingt sie die innere Erregung. Wea will heim, brennt es in ihrem Gehirn; das Schicksal fordert letzten Entschluß. Noch zaudert sie in ihrem Herzen, ihre Augen wandern unstet durch den Raum.

„Ich gab ihm die Wahl, das mitzuführen, was ihm wert erscheint, da er Gold und edles Gestein verschmäht", hört sie Nabor sagen.

„Du gabst ihm die Wahl?" ungläubig blickt sie ihn an.

Der Lukomane nickt: „So ist es. Er versprach nur das Wertvollste zu nehmen."

Das Wertvollste — Maya durchschaudert es. Ihr Blick sucht forschend in Nabors Gesicht. Ahnt er nicht, was er versprach. Doch nichts erkennt sie in den beherrschten Zügen.

Freundlich sagt er: „Der Schatten, der unseren Weg verdunkelt, beginnt zu weichen. Die Tage des Glücks werden wieder leuchten, wenn Dein Herz es will."

Die Lukomanin schweigt, sie sieht an ihm vorbei.

Da tritt er an sie heran: „Maya", leise werbend seine Stimme. „Maya, laß uns vereint den Weg vollenden, zu unser und unserer Kinder Heil." Er greift nach ihrer Hand, sie wendet sich ab. „Der Schatten, von dem Du sprichst, liegt nur über Dir. Fern bist Du mir", fährt sie erregt fort, „wie oft sah ich Dich, als ob Du träumtest, doch wachtest Du, obleich Du einem Toten glichst. Das ist der Nabor nicht, dem einst mein Herz sich neigte. Der Priester unmännliches Wesen ist Dir zu eigen geworden, seid Du von Bayagard heimkehrtest. Wie kann ein Priester eines Reiches Herrscher sein? Ich bannte die Gefahr der Fremden, ich zwang den Tursen, sein kriegerisches Gelüste zu bescheiden. Nicht Deine Priester halfen Dir den Weg zu bereiten, allein stand ich und stehe es noch, denn Du bist ihrem Bann erlegen."

Der Lukomane ist still und unbewegt. Er hört der Rede Schwall und hört sie nicht. In ihm ist der Klarheit herber Schmerz. Gereizt durch diese Ruhe bricht Zorn sich ungehin-

dert Bahn: „Niemals, höre es, Nabor, Lukomane meines Vaters Reich, niemals darf mein Sohn, den ich im Traume geschaut, willenloses Werkzeug der Priester sein."

Wortlos verneigt sich Nabor, wortlos verläßt er das Gemach.
Schlimmer als heftige Gegenrede trifft diese stumme Antwort. Maya preßt die Fäuste vor den Mund, sie möchte schrei-
en in ohnmächtigem Zorn, doch nur ein Stöhnen wird hörbar. Er gibt sie frei — so wenig bedeutet sie ihm, daß er sie
nicht einmal einer Erwiderung für würdig erachtet. Was ist sie
hier noch, wem bedeutet sie noch etwas? Niemand versteht
sie, nur einer, der Fremde. „Das Reich der Tursen wartet der
Königin." Starr und düster steht sie da, ein verhängisvoller
Entschluß reift in ihr.

* * *

Mit Esekos Hilfe ist der Tursenfürst auf der Suche nach Be-
sonderheiten, die für seine Mannen und sein Land von Nutzen sein könnten. Der Palastherr führt ihn zu den Handwerkern. Wea erlebt, wie der Seidenfaden vom Cocon der Raupe
abgewickelt und gesponnen wird. Wie aus der gefärbten Seide, geschickte Hände Gewänder und Mäntel erstehen lassen,
und diese von Silber- und Goldfäden durchwirkt mit breiten
Seidenborten verziert werden. Als Besatz der Gewandborten
und Gürtel dienen Topase, Rubine, Saphire, Smaragde, Ame-
tysten und Aquamarine, in vielerlei Größen und in mannig-
fachen Formen geschliffen.

Goldschmiede fertigen Finger-, Arm- und Fußringe aus Gold
und Silber und schmücken sie mit Edelsteinen. Auch von den
Fußringen funkeln Edelsteine in ihren verschiedenen Farbtönungen.

Der Tursenfürst ist geblendet Die verschwenderische Fülle
des glitzernden Tands und die Schönheit der Formen begei-
stern ihn. Immer neue Wunder warten seiner. Eseko zeigt

ihm die großen Marmorbrüche. Er führt ihn zu den Steinmetzen und Bildhauern. Den staunenden Augen des Tursen zeigt sich handwerkliche Fertigkeit, gepaart und durchdrungen von einem künstlerischen Geschmack, wie sie nur von einem, auf hoher Kulturstufe befindlichem Volke hervorgebracht werden kann.

* * *

Ein Tag verrinnt und eine Nacht. Schwer ringt der Herrscher der Mayas.

Maya ist ihm der Inbegriff aller Schönheit dieser Welt. Seine Liebe, schwingend in allen Fasern seines Seins, hat sie eingehüllt, wie in einen kostbaren Mantel. Und Maya hatte sich nicht gelöst, sein starkes Gefühl ein gleiches bei ihr zum Schwingen gebracht. Wohl war manchmal trotziger Eigensinn aufgeflammt, doch behutsam hatte er die Schatten verscheucht. Jedoch scheint der herrische Machtwille nur unterdrückt gewesen zu sein und erfüllt jetzt ganz ihre Seele. Der Glückstraum ist zerstört. Eine Fremde ist sie, die mit lauter Stimme ihm Vorwürfe macht. Aber ihr Sohn, sein Sohn, der kommen wird, wie ihr Traum es gekündet. Sein Sohn, in dem er sich vollenden will, der dereinst Herr sein soll an seiner Statt, wenn er heimgegangen in Elohims Reich. Sein Sohn ist Atlanter und soll es bleiben. Aber kann er sie zwingen zu warten, bis das Kind in irdische Erscheinung tritt. In dem quälenden Widerstreit seiner Gedanken dringt, zuerst kaum verständlich, die geheimnisvolle Stimme: „Tue, wie Dir gesagt." Stille ist in ihm. Ich werden den Weg freigeben. Die Lukomanin soll nicht entweichen im Dunkel der Nacht. Sie ist Herrin ihres Geschicks und als Herrin soll sie gehen, so es ihr Wille. Nabor tritt zu einem Marmortisch. Eine Goldkugel schwirrt in einer Schale aus gleichem Metall. Ihr Tönen ruft einen Dienenden herbei.

„Rufe Mamya", befiehlt der Lukomane. Bald erscheint der Palastherr, er erschrickt über das Aussehen Nabors, der Lukomane scheint um Jahre gealtert. Undurchdringlich das Gesicht des Herrschers, als er sagt: „Rüstet die große Barke zu langer Fahrt an des Meeres Küste. Künde der Herrin, wenn das drittemal die Sonne sinkt, werden mich Mayagards Türme wieder grüßen. Der Herrin Willen untertan sei alles, bis mein Fuß das Land wieder betritt." Einen Augenblick schweigt der Lukomane, dann fügt er hinzu: „Nur Ekloh soll mich begleiten."

* * *

Maya lenkt ihr Viergespann durch die belebten Straßen Mayagards. Sie mußte hinaus. Die Mauern des Palastes bedrückten sie. Sie will Menschen sehen, viele Menschen, so sucht sie Ablenkung von innerer Unruhe.

Vor dem weiträumigen Hause des Bildhauers Remalya stauen sich Wagen, Tursen halten die Pferde.

Erstaunt wendet sich die Lukomanin an den Wagenlenker, der hinter ihr steht: „Wer versperrt den Weg?"

„Der fremde Fürst weilt bei Remalya. Man sagt, Remalya schaffe ein Bildnis von ihm", ist die Erwiderung.

Ungläubig hört es Maya. Es ist ungeschriebenes Gesetz in Eya-Eya, nur die Antlitze der zwölf hehren Ahnenpaare zu gestalten. Kein Atlanter wäre vermessen genug, dieses Gesetz zu mißachten.

Die Lukomanin verläßt den Wagen, und geführt von Dienenden, dringt sie in die Werkstätte Remalyas ein.

Aus Ton formt der Künstler, seinem Werk hingegeben, den Kopf Weas. Der Turse sitzt, unweit von ihm, in einem Armstuhl. Beim Anblick Mayas erhebt er sich überrascht. Freude glänzt in seinen Augen. Auch Remalya ist herumgefahren und verneigt sich tief.

„Es ist nicht Brauch in Atlantis Reichen, der Menschen Bildnisse zu schaffen", sagt die Lukomanin kühl.

Betroffen beteuert der Bildhauer, daß er nur dem Wunsche des Fremden folge. Eine Handbewegung heißt ihn schweigen. Prüfenden Blickes betrachtet Maya das Bildwerk. Weas kühnes Gesicht lächelt sie an. Sie wendet sich an den Bildhauer. „Vernichte es", sagt sie kurz.

Erschrocken blickt Remalya zu dem Tursen, doch eine unwillige Bewegung der Lukomanin fordert Erfüllung ihres Befehls.

Wea mischt sich ein. Herausfordernd sagt er: „Es ist nicht Brauch in der Tursen Reich, den Gast schmähend, seine Wünsche zu mißachten."

Maya sieht ihn an: „Und wenn es die Königin befiehlt?"

„Höher als der Königin Wort steht des Gastes Recht", erwidert stolz der Tursenfürst.

„Es ist Gesetz in Eya-Eya . . . ", will Maya erklärend einlenken, doch der Turse unterbricht sie: „Sagtest Du nicht, Königin, die Gesetze dieses Landes sind die Gesetze seiner Priester?" Maya schweigt. Er hat recht. Freundlicher fragt sie: „Wer gibt den Tursen die Gesetze?"

„Auf heiligem Thing beschließen die Fürsten und die Freien, was ihrer Mannen Wohl und Wehe bedingt."

„Erfragen sie nicht der Priester Meinung?"

„Das heilige Amt der Priester ist, der Gottheit zu dienen und der Gestirne Lauf zu erforschen sowie deren Deutung den Menschen kund zu tun", gibt Wea zurück und fortfahrend sagt er: „Auch der Priester neigt sich in Ehrfurcht vor des Kampfes Herr, denn er beschützt mit seinem Schwert des Gottes heillige Stätte."

Remalya kredenzt Wein in goldenen Schalen. Der Turse trinkt mit einem Zuge, während Maya sich mit einem Schluck

117

begnügt. „Eine Frage brennt mir auf der Zunge", beginnt Wea von neuem, „doch ist hier weder Zeit noch Raum, Dir diese vorzulegen, Königin." Der Ton des Werbens schwingt in diesen Worten, in den Augen lodert fordernde Begierde.

Maya fühlt sich angezogen und doch stört sie die Art des Fremden. Nie sah sie Gier in Nabors Augen, nur freundlicher Liebe milden Schein. In reiner Scheu und Ehrfurcht finden sich die Seelen, die willens sind, ihr Leben zu vereinen. Heilig ist dem Atlanter der Ehe Bund, und niemals würde er sich dem Weibe eines anderen nahen. Unverwandt schaut sie Wea an. Es würde sie reizen, den »schwarzen Panther«, wie sie ihn insgeheim nennt, zu bändigen. Überlegen lächelt sie, als sie sagt: „Wäre ich der Tursen Königin, wäre mein Wille Gesetz." Wea sieht das schöne, königliche Weib, das seine Sinne begehren. Aus ihren Worten schöpft er Hoffnung. Impulsiv ergreift er ihre Hand, die Augen funkeln wild: „Der Königin zu dienen, wäre mein Gesetz."

Die Lukomanin tritt zurück, die Hand ihm entziehend: „Ich werde mich erinnern, wenn ich jemals Deiner Dienste bedarf." Sie wendet sich zum Gehen. Wea geleitet Sie zum Palast.

Maya durchschreitet die Halle und begibt sich in ihre Gemächer. Ihre Frauen bemühen sich um sie, Maya ist guter Stimmung, sie scherzt sogar mit den Dienerinnen.

Der Palastherr Mamya betritt das Gemach. Die betonte Feierlichkeit seines Auftretens löst fröhliches Lachen bei der Lukomanin aus. Sie ruft ihren Frauen zu: „Fort mich euch, ihr lustigen Vöglein. Der gewaltige Palastherr naht mit wichtiger Kunde." Mamya lächelt gezwungen, doch sofort überschattet wieder tiefer Ernst das Gesicht.

Maya kommt eine Ahnung, daß ein besonderes Ereignis eingetreten ist.

Etwas stockend entledigt sich der Palastherr seines Auftrages. „Nabor fährt auf das Meer!?" Nach der ersten Überraschung kommt ihr nach kurzem Überlegen das Verstehen. Drei Tage legt er die Macht in ihre Hand. Nicht gehemmt durch seine Gegenwart, soll sie sich in voller Willensfreiheit klar werden. Er kämpft nicht um sie, er überläßt sie sich selbst.

Schweigen lastet im Raum. Mamya wagt keinen Einwurf. Er ahnt mehr, als er weiß. Er hat diese Entwicklung befürchtet. Er kennt Mayas empfindlichen Stolz, oft genug hat er mit ihr gerungen, um sie nach des Vaters Tode von Unbesonnenheiten zurückzuhalten. Aber jetzt spielt Ungeheuerliches, das selbst er nicht auszudenken wagt.

Finster, mit verschlossenem Gesicht, brütet die Lukomanin vor sich hin. Plötzlich erhebt sie sich, strafft sich, spröde und fremd ist die Stimme, als sie befiehlt: „Rufe den Fürsten der Tursen."

Mamya erbleicht, wie abwehrend hebt er die Hände. Herrisch blitzen ihn die grünlichen Augen an, kalt sagt die Lukomanin: „Vernahmst Du nicht der Herrin Befehl?"

Der Palastherr zuckt zusammen, mit tiefer Verneigung zieht er sich zurück. Schon nach kurzer Zeit meldet er den Tursen. Wea tritt ein, in atlantischer Tracht. „Du riefest mich, Königin. Eilenden Fußes kam ich, Dein Begehren zu hören." Erwartungsvoll blickt er sie an.

Eine Handbewegung Mayas weist Mamya hinaus, dann sagt sie: „Früher als ich glaubte, Fürst der Tursen, brauche ich eines Freundes Hand." Sie spricht langsam, mit Betonung, den Blick voll auf ihn gerichtet.

Unbändige Freude ist der Widerhall. „Königin, befiehl, was ich tun soll, alles will ich tun für Dich", ruft Wea beglückt, förmlich berauscht, dem Ziele so nahe zu sein. Ein wenig ernüchtert ihn Mayas starre Haltung.

„Alles? Fürst der Tursen?", kühl, bewußt fragt die Lukomannin. „Alles, Königin", wiederholt der Turse und streckt ihr die Rechte hin.

„So höre. Um meines Sohnes Willen, der ein Freier werden soll, bin ich bereit, ins Land der Tursen zu fahren."

„Königin", der jubelnde Ausruf des Tursen unterbricht sie. Ein hochmütiges Lächeln überfliegt Mayas Gesicht, dann fährt sie ruhig fort: „Der Königin versprachst Du zu dienen, die Königin folgt Dir als Dein Gast. Vergiß es niemals, so Du nicht willst, daß ich mich wieder von Dir trenne."

Enttäuschung malt sich in dem braunen Gesicht, fast mechanisch nickt Wea. „Du hast mein Wort, Königin", antwortet er gepreßt. Dann sich aufraffend: „Niemals brach ein Fürst der Tursen das gegebene Wort."

„Erwarte mich, wenn die Sonne das drittemal ins Meer sinkt." Wie ein Befehl klingt es. Peinlich berührt steht der Turse. Maya lenkt ein. Sie dankt ihm und beteuert ihm ihre Freude, sein Reich kennenzulernen.

* * *

Auf Befehl der Lukomanin sind alle Vorbereitungen zur Fahrt getroffen. Abschiednehmend durchwandert Maya die Räume des Palastes. Hier war sie ein glückliches Kind, behütet von einem zärtlichen Vater, der ihr allen Willen ließ, so versuchend, die fehlende Mutter zu ersetzen, die bei der Geburt Mayas ihr Leben ließ. Sie wuchs auf wie ein Junge, begleitete den Vater auf seinen Fahrten und nahm an allen Gelegenheiten teil, die ihre Jugend gestatteten. Noch einmal schien das Glück zu lächeln, als ihr der blonde Sohn aus dem königlichen Geschlecht der Bors zum Gemahl gegeben. Ein Schatten legt sich auf das stolze Gesicht — vorbei. Wehmut will sie befallen, mit einem unwilligen Schütteln des Hauptes, streift sie die weiche Regung ab.

In prunkvollem Zuge, gefolgt von Palastherren, Kämmerern und ihren Frauen, schreitet die Lukomanin, eingehüllt in des Königsmantels azurblauen Glanz, durch ein Spalier von Palastknaben und Dienenden, zum Schiffe Weas, das ihrer wartet, um sie fortzuführen in fremdes Land.

Stumm grüßt sie die Bevölkerung Mayagards, die sich eingefunden hat, der Königin die Ehre zu erweisen. Weit schallt der Hörner Klang von den Türmen, aber keine Freude regt sich, etwas Unfaßbares vollzieht sich vor aller Augen. Eine Lukomanin verläßt ihr Reich, ein Weib den Gemahl, der ihr in feierlicher Stunde verbunden.

Nur die Fremden jubeln, ihr Herr steht mit siegbewußtem Lächeln bereit, die Königin zu empfangen.

Mayas Herz ist beklommen. Es schnürt ihr fast die Kehle zu, doch mit kaltem Hochmut kämpft sie gegen das quälende Gefühl.

Wohlgesetzte Worte treffen ihr Ohr. Mühselig lächelt sie und ergreift zögernd die Hand Weas, der über breiter Planke sie auf das Schiff geleitet. Bald löst es sich vom Ufer. Taktmäßig setzen die Ruder ein, langsam gleitet es dem Meere zu.

Von erhöhtem Sitz sieht Maya die schwindende Heimat. Nichts regt sich in ihrem Gesicht. Eine Leere ist in ihr. Sie fährt einem unbekannten Schicksal entgegen — ohne Sehnsucht, ohne Freude.

* * *

Die Zurückbleibenden wenden sich schweigend und kehren in den Palast und ihre Häuser zurück.

Nur Premenio, der zwischen Mamya und Eseko geht, kann sich nicht enthalten, das Schweigen zu durchbrechen: „Was wird der Herr sagen, wenn er heimkehrt."

Mamya zuckt die Achsel, nur der alte Eseko gibt unverhüllt seinem Mißfallen Ausdruck: „Eine Lukomanin gibt sich in die Hand dieser Wilden. Niemals kann der Herr das gutheißen, denn er weiß wie wir, daß Eya-Eyas Volk das auserwählte Elohims ist und daß es sein Wille ist, uns fernzuhalten von der Dunkeln Welt."

* * *

Der Tursen Flotte verläßt den Kanal. Die breiten Segel gehen hoch, knatternd verfängt sich der Wind und in schneller Fahrt geht es an der Küste entlang.

Nach längerer Fahrt kommt ihnen eine große Barke entgegen, weiß und golden blinkt sie in den Strahlen der untergehenden Sonne. Ihre Segel sind gerafft, Ruderer treiben sie vorwärts. Bald sind die Tursenschiffe heran, ein Johlen bricht los, ein wildes Rufen, das nicht erwidert wird.

Auch auf Weas Schiff ist das Interesse geweckt. Der Tursenfürst steht bei seinen Oberen, gespannt schauen alle zu der weißen Barke. Jetzt gleiten die Schiffe aneinander vorüber. Weas Gesicht gewinnt den Ausdruck eines Raubvogels. Dort drüben liegt auf kostbarem Ruhebett der stolze Lukomane, dessen Weib er ihm entführt.

Maya, auf ihrer überdachten Erhöhung, wendet ebenfalls das Haupt. Ein Blick genügt ihr zum Erkennen, diente die Königsbarke des Mayareiches ihr doch oft zur Fahrt. Sie sieht den Gemahl. Er ruht völlig gelöst, gleitet vorbei und achtet ihrer nicht. Nur Ekloh, der Kämmerer, steht im Bug der Barke und blickt herüber

Der Tag versinkt, bald umfängt sie die Kühle der Nacht. Eingebettet in weiche Felle träumt die Lukomanin, nur hie und da vernimmt sie den Ruf fremder Laute. Das Rauschen der Wellen wiegt sie in Schlaf.

* * *

In einer kleinen Bucht der Steilküste wiegt sich die weiße Königsbarke, im seichten Wasser verankert. Ihre Goldverzierungen funkeln in den Strahlen der Sonne. Die langen Ruder ruhen zu beiden Seiten, das Segel ist gerafft. Das Schiff liegt wie ausgestorben, kein Leben zeigt sich. Unweit davon, auf schmalem Strand, sind Ruderknechte und Palastknaben beschäftigt, aus Teppichen kleine Zelte für die Nacht zu errichten. Fröhlich lachend und plaudernd verrichten sie ihre Arbeit. Sie sollen hier ein paar Tage verbringen, so sagte ihnen der Kämmerer Ekloh.

Einige Jungen werfen ihre Gewänder ab und laufen in das Wasser, sie schwimmen durch die Bucht und erreichen das Meer.

Ekloh kommt vom Schiff her. Würdevoll schreitend, nähert er sich dem Zeltlager. Als er heran ist, ruft er mit gedämpfter Stimme: „Verhaltet euch ruhiger, damit euer Geschrei nicht den Herrn störe." Die fröhliche Schar verstummt. Der gute Herr, was mag mit ihm sein. Der plötzliche Aufbruch zu dieser Fahrt in die Einsamkeit der Meeresküste. Niemand bekommt ihn zu Gesicht, nur der Kämmerer darf ihm nahen. Ob er krank ist, schlecht genug sah er aus in der letzten Zeit. Unter einem Teppichbaldachin auf seidenem Ruhebett liegt der Lukomane, hingestreckt wie ein Toter. Das bleiche Gesicht ist eingefallen und erscheint uralt, in tiefen Höhlen liegen die geschlossenen Augen.

Vorsichtig ist Ekloh näher getreten, als die erste Nacht gewichen. Mit jähem Schreck starrt er auf seinen Herrn. Ist er tot? Er beugt sich über ihn, da merkt er, daß Nabor atmet. Scheu entfernt sich der Kämmerer.

Nach langem Mühen ist es Nabor gelungen, den Aufruhr des Gefühls in sich zum Schweigen zu bringen. Immer wieder steht Mayas geliebtes Bild vor seiner Seele. Die ganze Süße des Verlangens formt sich zu Bildern, die mit ihrem Reiz seine Sinne umschmeicheln und ihn nicht loslassen. Stimmen flüstern in ihm, die ihm bewußt gewordenen Kräfte spielen zu lassen. Leicht ist es, einer unruhigen Seele fremden Willen aufzuzwingen, sie sich hörig zu machen. Nabor fühlt, wie eiskalter Hauch ihn streift — dunkle Gesichter mit weitaufgerissenen Augen drängen sich vor das innere Licht, es mit ihren schwarzen Schatten verdunkelnd. Er will sich freimachen, sich dem Lichte zuwenden, da greifen graue-schemenhafte Arme nach ihm. Er fühlt den Griff dunkler Hände, hart und zwingend. Angst befällt ihn. Er will sie abschütteln, doch es gelingt ihm nicht. Mit lähmendem Druck legt sich Schweres auf ihn, haucht ihn eisiger Atem an.

In seiner Not schreit er auf, ruft den Namen des verehrten Lehrers in die laue Nacht. „Tenupo — Tenupo — — hilf!" Sekunden, die ihm Ewigkeiten dünken, vergehen. Ein Lichtkegel glutet auf, der auf ihn zueilt. Das Licht hüllt ihn ein und in ihm erschaut er das gütige Gesicht des Gerufenen. Leuchtende Hände segnen ihn. Die Dunklen sind verschwunden, der schwere Druck ist gewichen, nur unaussprechliches Glücksgefühl schwingt in dem Gequälten. Wie ein seliges Kind gibt er sich der Ausstrahlung des Helfers hin. In diesem inneren Einssein empfindet er die Gedanken Tenupos: „Fürchte Dich nicht, Nabor, immer sind des Lichtes Helfer bereit, Dich zu schirmen, wenn Du nach ihnen rufst. Große Macht ist Dir gegeben, größere schützt Dich auf Deinen Wegen. Folge der Stimme in Dir."

Unendlich gütig lächelt das vertraute Gesicht im Licht, das mit seinen Magmafluten Nabor einhüllt.

Der Tag versinkt und die Nacht kommt mit ihrem Sternenglanz. Nabor ist wieder entrückt. Seine Seele ist fern, nur der Körper ruht auf prächtigem Lager. Wieder strahlt die Sonne im Osten empor und sinkt im Westen. Am dritten Tage, als sie im Zenith steht, regt sich der Lukomane. Er richtet sich auf, suchend spähen die Augen nach Ekloh. Bald ist der Kämmerer zur Stelle. Er sieht seinen Herrn, eingehüllt in hellem Schimmer. Mit ehrfürchtiger Scheu nähert er sich.

„Löst den Anker, wir fahren heim." Leise wie des Windes Hauch ist die Stimme, als fürchte sie, unfaßbar Schönes zu zerstören. Nabor sinkt zurück, die Augen schließen sich, erneut geht er in die Versenkung.

Er schaut Mayagard, den Palast, Menschen, die hin und her laufen. Sie tragen Ballen und Truhen. Sie tragen sie zu den Schiffen. Viel Volk strömt zusammen, bewegt sich langsam den Schiffen zu. Eine Frau wendet den Kopf. Maya — fremd und ernst. Die Schiffe fahren.

Sie ist gegangen. Kein Schmerz regt sich in ihm, nur glutendes Licht schaut das innere Auge. In ihm ist heilige, beglückende Stille.

Kurz vor Mayagard erhebt sich Nabor und ruft nach dem Kämmerer. „Herr, die Tursen sind fort. Vor Stunden segelten sie an uns vorüber." Nabor nickt: „Ich weiß es, Ekloh."

* * *

Der Lukomane ist heimgekehrt. Verlegene Gesichter sieht er um sich. Stockend beginnt Mamya seine Rede, schon nach den ersten Worten heißt ihn eine Handbewegung schweigen. Gleichmütig, als sei nichts geschehen, begrüßt Nabor die erstaunten Hofleute. Alles ist wie bisher, in ruhigem Gleichmaß verrinnen die Tage. Oft zeigt sich der Lukomane in den Straßen Mayagards, er lenkt sein Viergespann mit sicherer Hand durch das Menschengewühl und ehrerbietig macht ihm alles Platz. Nur Kinder drängen zu dem Wagen, er spricht mit ihnen, nimmt ein paar von ihnen mit sich und schickt sie, reich beschenkt, wieder heim.

Oft ist er auch am Meeresstrand, er sitzt auf hohem Felsen, vom Wasser umspielt, und lieblich dünkt ihm das Lied der

Wellen. Bis eines Tages der Wunsch in ihm ersteht, auf hoher Steilküste, im Angesicht des weiten Meeres, will er wohnen. Ein Marmortraum soll entstehen, und weite Terrassen sollen sich bis zum Meere hin senken.

Remalya und andere Künstler werden gehört. Der Plan nimmt schnell Gestalt an, und viele Hände regen sich, die Wünsche des Lukomanen zu verwirklichen.

Der Palast der tausend Säulen, wie ihn bald das Volk nennt, erhebt sich luftig, wie ein marmorner Blütentraum, über dem Meere. Gewundene Säulen tragen auf ihren reich mit Blumenornamenten verzierten Kapitälen kühn geschwungene Bögen, die sich nach oben in marmornes Flechtwerk auflösen und die Decke stützen. An silbernen Stangen, Säule mit Säule verbindend, hängen violette Vorhänge. Schwere, silberne Quasten, in kurzen Abständen angebracht, zieren den oberen Teil der seidenen Vorhänge und breite Borten den unteren. In Violett und Silber sind die Farben der Teppiche, der Ruhebetten, der Kissen und der Stuhlsitze gehalten, ausgestellt in den kunstvollen Rahmen weißen Marmors. Säulengänge steigen hinab zum Meer, die weiten Terrassen durchquerend, die in ihrer marmornen Pracht hell im Sonnenglanz leuchten.

Die Hofhaltung des Lukomanen ist zum größeren Teil in den Säulenpalast verlegt worden.

Nabor ist zufrieden. Keine Mauern schließen ihn hier von der Umwelt ab, nur Säulen und Vorhänge bilden Hallen und Gemächer. Tritt er auf die Terrasse, breitet sich vor ihm des Meeres blaugrüner Schimmer, ruht er des Nachts auf seinem Ruhebett, erzählt ihm der Wellen leises Gemurmel von fernen Landen.

Der Lukomane läßt den Priester Amatur zu sich bitten. Plaudernd durchschreiten sie die Räume und erfreuen sich an schönen Blicken. In seiner stillen, gemessenen Art schwingt der junge Priester im Rhythmus frohen Schauens.

„Weißt Du auch, Amatur, warum das alles hier erstand?" fragt Nabor, in die Runde weisend.

„Ich ahne es, Lukomane", gibt der Priester zurück. Er denkt an das zerbrochene Eheglück des Herrschers, aber sein Mund schweigt, spricht es nicht aus.

Nabor liest in den Augen des Priesters, voller Wärme ist der Blick, sie berührt den Lukomanen und löst seine Zunge.

„Siehst Du die Türme des Palastes der Lukomanen? Dort war ich der Fremde und der Gast, dort erlebte ich des Leides schwere Last. Aus der Enge qualvollem Druck floh ich in die Weite, auf das Meer. Drei Tage und drei Nächte weilte ich auf dem Meere, fern vom menschlichen Dunst, war meine Seele hingegeben Elohims Licht. Ich kämpfte und rang mit dunklen Gewalten, die gebunden an des Körpers Verlangen, meinen Sinn zu verwirren trachteten. Doch ward mir Hilfe und so wurde ich frei vom Leid. Seit jenen Tagen liebe ich mehr denn je des Meeres Weite. Aus innerem Bild erstand dieser Palast, in dem ich daheim und eng verbunden bin mit ihr."

Das Vertrauen des Lukomanen beglückt Amatur, ehrfurchtsvoll erwidert er: „Als Du heimkehrtest von Bayagard, kündete mir Deiner Augen Glanz, daß Du Dich wandeltest zum Bürger zweier Welten", und mit bittender Geste fortfahrend, sagt er: „Gewähre mir die Gnade und lasse mich Dein Schüler sein, Erleuchteter."

„Nicht mein Schüler, Amatur", erwidert Nabor herzlich und streckt dem Priester die Hand hin, „meinen Freund, laß mich Dich nenen. Wir sind alle Schüler vor den hehren Gestalten des Lichts, und niemand hat ein Recht, sich über den Anderen zu erheben. Ein Freund, im gleichen Streben verbunden, wäre kostbarster Besitz."

„Gern nehme ich Deine Hand, Lukomane", bewegt sagt es

der Priester, „und dienen will ich Dir mit meinem ganzen Sein."

Eine Weile stehen die beiden Männer Hand in Hand. Im frohen Leuchten der Augen grüßen sich die Seelen.

„Nicht mehr Lukomane, noch Erleuchteter, Dein Freund Nabor bin ich und hoffe für mich, es immer zu bleiben."

Tiefschürfendes Gespräch läßt die beiden Freunde Zeit und Ort vergessen, erst als die Nacht einbricht und der Fackeln Licht aufflammt, kehrt Amatur in den Tempel zurück.

* * *

Wieder einmal ist die Nacht des Lichtfestes in Bayagard angebrochen. Nabor ist, begleitet von Amatur und großem Gefolge, eingetroffen, herzlich von seinen Eltern begrüßt. Auch sein älterer Bruder Sebor ist anwesend. Er ist ein wahrer Riese von Gestalt, um Haupteslänge überragt er die anderen Fürsten und Königssöhne. Lebhaft spricht er auf Nabor ein. Allerlei Pläne, die ihn interessieren und an deren Verwirklichung der Thronerbe des Rayareiches starken Anteil nimmt, breitet er vor Nabor aus. Abschließend sagt er: „Aber was nutzt uns das Planen und Bauen, wenn eines Tages wieder bewaffnete Horden in unser Land eindringen. Wir müssen uns wehren können, wenn wir nicht untergehen wollen."

Im Rat der Könige werden gleiche Gedanken laut. Der Vorfall im Mayareich gibt Anlaß zu bewegter Debatte. Die Herrscher sind sich einig, daß eine Wiederholung verhindert werden müsse. Nabor schildert die Waffen der Tursen, er legt einige Spieße und Dolche zur Ansicht vor. Der Palastherr Eseko wird gerufen, er muß über die Herstellung der Waffen berichten, soweit es ihm von den Tursen bekannt wurde. Das Metall, Eisen, ist in Atlantis unbekannt. Es soll versucht werden, eisenhaltige Erze ausfindig zu machen, um dann Waffen in großen Mengen herzustellen. Der Gebrauch der Waffen muß eingeübt werden, und jedes Reich wird seine Mannen damit vertraut machen.

Niemand erwähnt Maya. Sie hat sich durch ihren Schritt selbst aus der atlantischen Gemeinschaft ausgeschlossen und gilt als tot.

Der Beschluß der Könige wird dem Loki unterbreitet.

Im Tempel wird ihnen die Antwort zuteil.

Huatami erklärt mit erhobener Stimme:

„Kündet den Völkern Eya-Eyas, inniger als bisher bete ein jeder für des Reiches Schutz und Heil. Die Gefahr pochte an unser Tor, ein Einziger folgte den Weisungen Elohims, ein Einziger opferte mit seinem Herzblute und dieses Opfer bannte die Gefahr." Die Augen des Loki wenden sich zu Nabor, der mit gesenktem Haupte die Ehrung empfängt. Der Priesterkönig fährt fort: „Wären alle Atlanter gleich diesem, das lichtvolle Reich der Ahnen erstünde zu neuem Glanze. Oh wisset, Lukomanen, und kündet es eurem Volk, schwerer als der Kampf gegen Andere, ist der Kampf gegen sich selbst. Wer diesen Kampf besteht, braucht keine Waffen. Er löst Kräfte aus, die ihn schützen auf allen seinen Wegen. Doch die Anderen, die träumend wie die Kinder durch ihre Tage wandeln, die sich scheuen, den schmalen Pfad des Lichtes zu gehen, sie unterscheiden sich durch nichts von den Dunklen und müssen sich ihrer erwehren mit den gleichen Waffen. Erkennt das Zeichen Elohims. Er will prüfen sein Volk, jeden Einzelnen unter ihm. Wer sich löst von seiner Hand, muß kämpfen um sein Leben, doch wehe ihm, wenn er beginnt den Kampf, wenn des Machtwillens dunkle Gestalt trübet seiner Sinne Klarheit." Die ekstatischen Augen des Priesterkönigs glühen auf, die hohe, hagere Gestalt reckt sich, dumpf erklingen die Worte düsterer Prophezeiung:

„Genügt Ihr Euch nicht selbst, Atlanter, wird das kalte Metall in eurer Faust zur Waffe gegen Euch und Eure Kinder. Wenn des Machtwahns Gier aus kaltem Blinken ersteht, werdet Ihr diese Welt gewinnen, doch verloren ist Euch Elohims Reich. Atlantis Glück wird zerbrechen und verwehen seines Namens Spur."

Bedrücktes Schweigen lastet in der Halle der Könige. Stumm neigen sich die Lukomanen, als Huatami segnend Abschied nimmt.

* * *

Nabor weilt mit Amatur bei Tenupo. Freundlich antwortet der Greis auf die vielen Fragen der Jüngeren.

„Als ich Dich rief in meiner Not, bedrängten dunkle Wesen mich. Ihr kalter Hauch streifte mich, und ich spürte den Griff dunkler Hände", berichtet Nabor.

Tenupo nickt: „Es sind Wesen aus dem Reich der Schatten, in das die Seelen der Dunklen gelangen, wenn ihres Erdendaseins Tage erfüllt. Sie haben nicht das reine Bewußtsein der Kinder Eya-Eyas, sie wissen nichts von Elohim, von seinen Gesetzen und seinem lichten Reiche. Sie kennen nicht des ewigen Lichtes Glanz und tragen kein Verlangen danach in ihren Herzen. Dennoch lebt der schöpferische Impuls in ihnen und nicht mehr fern ist die Zeit, da ihnen der Weg gewiesen wird."

Ehrerbietig stellt Amatur die Frage: „Wird es Atlantis zum Heile gereichen, wenn der Dunklen Sinne erhellt werden?"

„So die Söhne Eya-Eyas den Glauben bewahren und auf den Wegen Elohims bleiben, werden sie der Dunklen Lehrer und Führer sein. Doch fallen sie von ihrer Höhe und werden gleich den Andern, wird namenloses Unheil Eya-Eya treffen." Verabschiedend sagt Tenupo: „Stützt Euch einander in Eurem Streben, so werdet Ihr nicht fehlen", und zu Nabor gewendet, fügt er mahnend hinzu, „vergiß nicht über das Stre-

ben, daß Du Herrscher bist, beides zu erfüllen ist Deine
Pflicht."

* * *

Lau ist die Nacht, weiche Lüfte wehen, sie umkosen mit ihrem
Hauch die Schläfer in den Palästen und Häusern. Nach des
Tages Hitze sind die Nächte in Atlantis der belebende Brun-
nen.

Der Lukomane atmet die würzig-weiche Luft auf seinem
Ruhebett. Die Vorhänge des Gemaches sind zurückgezogen,
die Laute der Nacht verbinden sich mit den gleichmäßigen
Geräuschen der anschlagenden Wellen.

Nabor träumt — noch ist die Sehnsucht in ihm lebendig —
die Ferne, die Schöne, die seinen Händen entglitt, weht wie
ein Schemen, lieblich und verlockend, durch seines Traumes
Bilder. Maya, murmelt der Schläfer, Maya und verlangend
breiten sich seine Arme. Da schreckt er hoch, verstört blickt er
um sich. Er ist allein. Seine Hände griffen ins Leere und die
Bewegung weckte ihn. Allein, einsam — ein wehes Gefühl
steigt in ihm auf. Soll ich einsam durch meine Tage wandeln,
noch bin ich jung und des Daseins Durst brennt in meinem
Blute. Ich will sie suchen, die mir verloren scheint. Wo sie
auch weilt, ich werde sie finden, auf dem Pfade der Seele. Er
hat es nicht mehr versucht, die körperliche Hülle zu verlassen,
einmalig blieb das Erleben im Tempel zu Bayagard.

Er ruft den Schutz Elohims, dann geht er in die Versenkung.
Starr wird der Körper. Ganz allmählich erlischt das Körperbe-
wußtsein, er schwingt in der heiligen Stille. Nichts regt sich in
ihm. Die Klarheit des Überbewußtseins dämmert auf; Licht
umfängt und trägt ihn. In dieser Lichtflut ersteht die Hiero-
glyphe — Maya. Ruckartig löst er sich aus seiner Hülle und
wie Wirbelwind reißt es ihn fort. Er ist auf dem Vorplatz eines
Tempels und sieht Maya im weißen Gewand, viele Gestalten

um sie her. Maya tanzt einen Opfertanz vor steinernem Altar, auf dem ein Feuer brennt. Ganz nahe gleitet er heran und haucht ihren Namen. Die Tanzende erschrickt, entsetzt weiten sich die Augen, die Hände wollen abwehren, doch mit einem Aufschrei bricht sie zusammen. Die Gestalten bemühen sich um sie, tragen sie in den Tempel.

Nach einer Weile schlägt Maya die Augen auf, ihr Blick gleitet über die jungen Tursinnen, die bekümmert an ihrem Lager stehen. „Wo ist mein Kind? Bringt mir meinen Sohn!" Ein hübsches Knäblein mit blonden Haaren und blauen Augen erscheint auf den Armen einer älteren Frau. Sie reicht es Maya. Beglückt drückt sie ihr Kind an sich. „Guweil", sagt sie zärtlich, und ihre Hände streicheln sein Haar. Da ist es ihr, als ob weicher Hauch sie streifte. Ihr Herzschlag stockt, enger zieht sie den Sohn an sich. Da — eine helle Hand greift nach dem Kind. „Nein, nein —", schreit sie, „Guweil gehört mir und ich lasse ihn nicht."

Die Sonnenpriesterinnen weichen zurück. Die Herrin ist von Sinnen, sie werden Wea rufen.

* * *

In den folgenden Monaten entfaltet der Herrscher der Mayas eine fieberhafte Tätigkeit. Täglich weilt er in den Werkstätten. Zahllose Speerspitzen und Dolchklingen erstehen aus dem kaltblinkenden Metall, das gehärtet im Feuer zur todbringenden Waffe wird.

„Was wird der Herr tun?", besorgt fragen es sich die Hofleute. Viele Gerüchte durchlaufen Mayagard.

Nabor läßt große Schiffe bauen. Er befiehlt, daß tausende, junger Männer im Gebrauch der Speere geübt werden.

Keiner wagt, den Lukomanen zu fragen. Verschloßen das Gesicht, die Augen mit fernem Blick, so schreitet er durch die Unruhe, die er entfesselt.

Die Palastherren versuchen bei Amatur, den Grund der ungewöhnlichen Vorbereitungen zu erfahren. Der Priester antwortet ernst: „Der Lukomane geht den Weg selbstgewirkten Schicksals." Dann schweigt er auf alle Fragen. Sein Herz bangt für den Freund, doch auch er fragt ihn nicht. Tenupos Worte klingen wieder in ihm auf: „ . . . nicht mehr fern ist die Zeit, da den Dunklen gewiesen wird der Weg . . . ".

* * *

Umgeben von dunkelbewaldeten Bergen liegt das Heiligtum des Sonnengottes. Aus mächtigen Granitquadern gefügt, erhebt sich auf hohem Berge, weithin sichtbar, der Sonnentempel. Ein weiter Vorplatz, umrahmt von einer Mauer, birgt den Opferaltar. Vor ihm lagert ein mächtiger Stein, der, tief ausgehöhlt, wie ein riesiges Gefäß anmutet, das umgestürzt am Boden liegt. Der erste Strahl der aufgehenden Sonne fängt sich in der Höhlung des Steines und leitet den Beginn feierlicher Handlung ein. Die Priester und Priesterinnen umschreiten den heiligen Stein, auf dem Altar lodert Feuer. Mit hartem Griff faßt der Hohepriester Sandor das Opfertier, ein Dolch blitzt auf, ein kurzer Schnitt, Blut strömt, das Tier verröchelt auf den Altarstufen. Ein junger Priester wirft es auf das Feuer.

Dumpfe Töne langer Hörner erklingen, Metallbecken schlagen rhythmisch aufeinander, umgeben von Tempeltänzerinnen erscheint Maya. Inmitten der dunkelhaarigen Tursen wirkt sie in ihrer blonden Schönheit wie eine Lichtgestalt. Der Tanz zu Ehren des Sonnengottes schwingt in immer wilderem Rhythmus auf.

In der Nähe des Tempeltors steht Wea mit seinen Oberen. Wie gebannt schaut er auf Maya. Sie wurde nicht die Seine, wie er hoffte. Als Priesterin lebt sie mit ihrem Sohn im Tempel, seinem Verlangen unerreichbarer denn je.

Majestätisch steigt der Sonnenball empor, von jubelndem Gesang begrüßt.

Maya hält im Tanzen inne. Die Arme der Sonne entgegengestreckt, erstarrt sie zu wundervollem Götterbild. Feierlicher Gesang löst die Verzückte und mit den Tänzerinnen verschwindet sie im Tempel.

Auf kleinen, struppigen Pferden jagen Reiter den Tempelberg hinan. Der Erste springt vom schweißbedeckten Tier und wirft sich vor Wea auf den Boden.

Unwirsch fragt der Tursenfürst: „Was bringt Du?"

„Viele große Schiffe landen an der Meeres Küste. Lichte Riesen, zahllos wie des Waldes Bäume, entstiegen ihnen. Sie sammeln sich und dringen in die Wälder, sie nehmen ihren Weg nach hier." Die Worte überstürzen sich förmlich.

„Warum wehrtet ihr ihnen nicht den Weg?" knirscht Wea in jäher Wut.

Entsetzt starrt ihn der Turse an: „Wie können wir den Göttern den Weg wehren?!"

„Ihr Narren", schreit der Tursenfürst, „Menschen sind es, mit Fleisch und Blut wie ihr und gutes Ziel für unsere Speere."

Wea faßt sich. Kurze Befehle lassen seine Oberen auseinanderstieben. Wilde Töne der Hörner erfüllen bald die Luft und pflanzen sich fort durch das weite Reich der Tursen.

Maya spielt mit ihrem Sohn. Ein dunkler Schatten steht plötzlich in der Tür. Erschreckt birgt sich das Kind bei der Mutter. Wea steht mit finsterem Gesicht im Gemach: „Die Atlanter nahen mit großer Macht." Dumpf und schwer fallen die Worte.

„Nabor — ich wußte, daß er kommt. Er will das Kind!", fast tonlos ist die Stimme. Doch dann strafft sich Mayas Gestalt, die grünlichen Augen funkeln: „Er wird es nicht erhalten", ruft sie aus.

„So ist es, Königin", stimmt der Turse zu, „der Kriegshörner Klang sammelt bereits die Streiter zu hartem Kampf. Im Dunkel unserer Wälder wird die anmaßende Schar der »lichten Götter« verbluten."

* * *

Am Strand der Küste ist reges Treiben. Die Tursen, scheu und ehrerbietig, folgen den Befehlen der Mayas. Freiwillig werfen sie die Waffen fort. Ihre Speere und Dolche häufen sich zu Bergen.

Der Lukomane läßt sich ein paar Stammesälteste vorführen. Er bietet ihnen Gold und Edelsteine und verlangt dafür Pferde, soviel sie auftreiben können. Eseko verdolmetscht die Wünsche seines Herrn. Gierig schauen die Tursen auf die funkelnden Ringe und Armspangen, die Nabor in goldenen Gefäßen vor ihnen hinstellen läßt. Schon nach kurzer Zeit führen sie Pferde heran, ganze Herden werden aus den Wäldern getrieben.

Die Mayas ergötzen sich über die kleinen, struppigen Tiere, sie zäumen sie auf und vollführen verwegene Reiterstücke.

Nabor wählt sich ein stärkeres Tier. Da nähert sich ihm Eseko: „Herr, viele Tagereisen von hier liegt die Felsenburg Weas und in ihrer Nähe ein Sonnentempel. Dort soll die »Göttin«, wie die Tursen sie nennen, weilen. Aber der Weg dorthin ist voller Gefahren", fährt der Alte fort, „über Berge und durch dichten Wald führt er auf schmalem Pfad."

Der Lukomane sinnt. Kommt es zum Kampf, werden die Tursen aus dem Hinterhalte der Wälder angreifen und große Opfer wird es fordern, um das Ziel zu erreichen. Er sieht um sich die blühende Jugend des Mayareiches, die ausgewählt, voller Vertrauen ihm folgt und nicht ahnt, daß Gefahr und Tod ihrer warten. Der Gedanke läßt Nabor erschauern. Blut wird fließen, kostbares Menschenblut, und dieses Blut kommt auf ihn. Darf er anderer Väter Söhne opfern, um den eigenen zu gewinnen. Premenio tritt mit Palastherren heran. Nabor blickt auf. „Herr, die Mannen warten Deines Rufes. Sollen die Hörner den Aufbruch künden?"

„Stellt Wächter nach allen Seiten aus. Die Leute sollen den Wald durchstreifen und spähend nahende Gefahr erkunden." Erstaunen zeigt sich in den Gesichtern, nur der alte Eseko nickt verständnisvoll.

„So ist es Dein Wille, Herr, an diesem Ort zu bleiben", fragt Premenio widerstrebend.

„Die Leute lagern hier, bis sie mein Wille zur Tat ruft!", kalt sagt es der Lukomane. Eine Handbewegung heißt sie gehen. Fröhliches Lagerleben ersteht. Die Nacht sinkt herab, Feuer lodern in der Runde, die Lieder und Hymnen von Atlantis klingen auf. Der Gesang dringt in Nabors Zelt. Er ist allein. Immer noch wogt in ihm der Widerstreit der Gedanken. Vergeblich kämpft er um klaren Entschluß. Matt lehnt er sich zurück in die weichen Kissen seines Lagers. Inbrünstig bittet er Elohim um Hilfe und um den rechten Weg. Still wartet er und lauscht in sich hinein. Lange muß er warten, dann haucht die feine Stimme: „Ringe mit Weas Seele. Überwindest Du sie nicht, kehre zurück."

* * *

Der Tursen Krieger rüsten sich zum Kampf. Überall sammeln die Stammesältesten und Oberen ihre Mannen und führen sie der Küste zu.

Wea hält Kriegsrat. „Lassen wir sie eindringen in unsere Wälder, und dann werden wir sie zermürben. Tag um Tag, Nacht um Nacht, werden wir sie erschrecken und unsere Speere ihre Häupter umschwirren. Des stolzen Lukomanen blonde Riesen werden fallen und ihr Blut unseren Boden tränken. Lebend oder tot bringt Nabor in meine Hand."

Der nächste Tag bringt die Kunde, daß die Atlanter an der Küste lagern.

Höhnisch lacht der Tursenfürst: „Er meidet den Kampf. Feige wie er, sind seine Leute. So werden wir sie jagen und in die Fluten des Meeres treiben." Befehlend fügt er hinzu: „Haltet Eure Männer bereit, wenn die Nacht weicht und der junge Morgen aufdämmert, will ich sie in den Kampf führen."

Noch einmal treibt es Wea zu Maya.

„Dein Gemahl, Königin, verharrt an der Küste. Sein vorsichtiges Herz wagt es nicht, den Kampf zu beginnen", berichtet er der Aufhorchenden. „So wird der Tursen Arm ihn zerschmettern oder ihn auf das Meer zurückjagen", schließt er triumphierend. Maya schweigt. In ihr regt sich die Atlanterin und seit das Erleben im Sonnentempel sie erschütterte, ist in ihr ein banges Ahnen. Was nutzen die kampferprobten Scharen der Tursen gegen geheimer Künste Macht.

„Sei auf der Hut, Wea", sagt sie mahnend, „Nabor ist gefährlicher als Du glaubst."

Ein hochmütiges Achselzucken ist Weas Antwort, dann stellt er fordernd die Frage: „Wenn der Mut meiner Männer die Eindringlinge zerschlägt und die Gefahr von Dir, Königin, und Deines Blutes Spross wendet, und sie heimkehren werden, ruhmbekränzt, erwartet von liebenden Frauen, dann hoffe auch ich, das Weib in Dir zu finden, und nicht die Königin und Priesterin."

„Wenn der Weg frei für mich ist, winkt Dir die Erfüllung", sagt Maya leise und wendet sich ab.

„Ich halte Dich bei Deinem Wort, Königin."

* * *

„Ich werde diesen Schwächling zertreten und Maya wird mir gehören", voller Siegesbewußtsein sagt es Wea laut zu sich selbst. Er zecht im Kreise seiner Oberen bis tief in die Nacht, bis sie lärmend und lachend die Halle seiner Burg verlassen. Der Tursenfürst sucht sein Lager auf. Bald künden schwere Atemzüge von tiefem Schlaf. Dunkel lastet im Raum. Da stöhnt der Schlafende, er wälzt sich auf die andere Seite. Stille — wieder das Stöhnen. Wea wird immer unruhiger — ein fast ersticktes Stöhnen, wie bei einem Albdruck. Ein wilder Schrei, der Tursenfürst fährt von seinem Lager auf. Träumt er, der Raum ist erfüllt von blau-violettem Licht, das sich zu erhellen scheint. Wea reibt sich die Augen, kein Traum. Die Halle schimmert in diesem Licht, er erkennt alle Gegenstände. Da bildet sich im Licht eine Gestalt. Fassungslos starrt der Turse auf die Erscheinung, die langsam, wie schwebend, sich nähert. Jetzt erkennt er das Gesicht des Verhaßten. Die Augen sind übergroß und umfassen ihn mit zwingendem Blick. Kaltes Grauen kriecht Wea an, lähmt ihn mit fast schmerzendem Druck. Er schließt die Augen und öffnet sie wieder, doch die Erscheinung bleibt, unentwegt brennen die Augen in die seinen. Das Gesicht nähert sich. Mit einem unartikulierten Schrei flüchtet der Turse an die Wand, doch die Erscheinung nähert sich weiter. Wea springt auf, läuft durch die Halle, will zur Tür hinaus. Er taumelt zurück. Vor ihm schwebt die Gestalt. Sie hebt die Arme. Fast von Sinnen vor Angst und Grauen, reißt der Turse den Dolch von der Wand, sticht wild nach der Erscheinung — doch er sticht ins Leere. Wie ein gejagtes Wild rast Wea in der Halle umher, rennt hier gegen einen massiven Holztisch, dort gegen eine Truhe. Er stolpert, schlägt hin, wimmernd liegt er am Boden und verbirgt das Gesicht in den zuckenden Händen. Da haucht eine Stimme: „Wea." Er springt wieder auf und stürzt hinaus. Diesmal gelangt er ins Freie. Fahl leuchtet das Mondlicht. Schreiend läuft er über den Burghof. In den anderen Häusern, die diesen umgeben, wird es lebendig. Halbnackte Gestalten werden sichtbar, sie sehen ihren Herrn mit verzerrten Zügen und wirrem Haar schreiend umherlaufen. Einige Beherzte folgen ihm. Sie erreichen ihn, rufen ihn an, doch Wea hört sie nicht. Er läuft und läuft, keuchend entringt sich der Atem seiner Brust. Schon umfängt ihn das Dickicht des Waldes — er ist verschwunden. Des anderen Tages finden ihn suchende Mannen, er liegt, in den Erdboden verkrampft, mit dem Gesicht auf der Erde. Die Mannen drehen den vermeintlich Toten herum, da belebt sich das Gesicht, die Augen öffnen sich halb, der Mund murmelt Unverständliches. Einer der Tursen bringt sein Ohr ganz nahe, da hört er: „Atlantis' Gott schlug mich. Nabor sei Euer Herr." Entsetzt richtet sich der Obere auf, wiederholt das Gehörte den Anderen. Wie ein Lauffeuer verbreitet sich das Geschehene unter den Tursen und lähmt ihre Kampfeslust. Die Oberen beschließen, einige Stammesälteste zu Nabor zu senden, um ihm ihre Ergebenheit zu bezeugen.

* * *

Auf Bitte der Oberen wird Maya durch den Hohepriester Sandor von der veränderten Lage unterrichtet.

Nabor hat ihn gejagt und zur Strecke gebracht, denkt sie. Zu ihrer eigenen Verwunderung empfindet sie ein Gefühl der Erleichterung. Wenige Tage später melden Späher das Herannahen der Atlanter. Premenio erscheint mit einer Schar Berittener im Bereich des Sonnentempels. Er bringt Maya den Gruß des Lukomanen und kündet seinen Besuch für den nächsten Tag an.

In ihrem Gemach sitzt Maya, angetan mit dem azurblauen Königsmantel, den Knaben auf dem Schoß. Bei ihr ist Lea, die Schwester des Tursenfürsten, ein wunderschönes Mädchen, schwarz das Haar, dunkel die Augen und brünett die Hautfarbe. Sie ist eingehüllt in ihren tiefen Kummer, Wea ist verschwunden. Niemand weiß, wohin er seine Schritte lenkte. Tränen rinnen unaufhörlich über Leas Gesicht. Maya tröstet sie mit gutgemeinten Worten: „Du bleibst bei mir, Lea, auch wenn ich zurückkehren muß in das Mayareich."

Das Geräusch von Pferdegetrampel dringt in das stille Gemach. Rufe werden laut und der Klang vieler Stimmen.

Er kommt mein Kind zu holen, ein bitterer Zug läuft um Mayas Mund.

Der Lukomane begrüßt mit einigen freundlichen Worten, von Eseko übersetzt, den Hohepriester Sandor, der ihn in das Innere des Tempels geleitet. Vor dem Gemach Mayas bleibt Sandor zurück, Nabor betritt es allein.

Wortlos verneigt er sich vor seinem Weibe. Maya hat sich erhoben, keiner Regung fähig. Auch Klein-Guweil schaut mit großen Augen auf den blonden Mann in seinem prächtigen Gewand. Nabors Blick löst sich von Maya und gleitet zu dem Kind. Ein weiches Lächeln, von dem Kleinen erwidert, läßt diesen die Scheu überwinden. Mit unsicher tappenden Schritten läuft er auf den Lukomanen zu, beglückt nimmt ihn Nabor in die Arme. „Guweil", sagt er. Der Knabe schmiegt sein Köpfchen an des Vaters Wange. Ein starkes Glücksgefühl durchrieselt den Mann. Inniger preßt er das Kind an sich. Maya sieht zu Boden. Ihr Spiel ist verloren.

Da sagt Nabor: „Der Mutter meines Sohnes ist der Weg nach Mayagard frei, wenn sie mit uns ziehen will."

Maya ist erblaßt, in diesen Worten liegt das Urteil. Nicht als Lukomanin, nicht als sein Weib führt er sie zurück, nur als Mutter seines — ihres Kindes.

„Als Priesterin weihte ich mich dem Sonnengott, keines anderen Mannes Hand berührte mich", stößt sie hervor.

„So willst Du an diesem Ort bleiben?" Ruhig ist der Ton, keine Erregung ist spürbar.

„Wenn ich es wollte, nimmst Du mir mein Kind und das könnte ich nicht ertragen", gibt Maya gequält zurück.

„Guweil gehört Dir nicht und auch nicht mir, er ist berufen dereinst Herrscher des Mayareiches zu sein. Für dieses Amt wird er bereitet werden, das ist meine Pflicht. Sie zu erfüllen, kam ich in dieses Land und hole ihn, um ihn einzusetzen in sein Recht, das Du ihm nahmst." Freundlicher fährt der Lukomane fort: „Willst Du dem Knaben Mutter bleiben, so ist es Dir gewährt. Täglich kannst Du bei ihm weilen, doch ohne Schutz wird er niemals sein."

„So wäre ich eine Gefangene", trotzig sagt es Maya.

„Wenig verändert ist Dein starrer Sinn. Du brachst Dein Wort als Lukomanin, Du brachst Dein Wort dem Gemahl, das Du feierlich im Tempel Elohim gegeben hast. Du hast das Recht verwirkt, Vertrauen zu verlangen."

Wie unter Schlägen beugt sich der Stolzen Haupt.

Abschließend sagt der Lukomane: „Entscheide Dich bis morgen, ob Dein Herz Dir befiehlt, Priesterin oder Mutter zu sein. In Weas Burg erwarte ich Deine Antwort. Die Mutter meines Sohnes will ich mit allen Ehren zurückgeleiten, die Sonnenpriesterin erkennt mein Auge nicht."

Kurz wendet sich Nabor und verläßt mit dem Knaben im Arme das Gemach.

Mayas Brust entringt sich ein gellender Schrei: „Mein Kind", dann bricht sie, vom Schmerz übermannt, zusammen. Liebevoll streichelt sie Lea, den eigenen Kummer vergeßend.

Nabor hat Premenio zu seinem Statthalter ernannt, ihm zur Seite steht der sprachkundige Eseko, außerdem verbleibt der größte Teil der Streitmacht der Maya im Tursenlande.

Einige Obere und ein paar hundert Tursen führt Nabor als Geiseln mit sich. An Bord eines der zurückkehrenden Schiffe befindet sich Maya. Der Palastherr Mamya ist ihr beigegeben worden, doch sie beachtet den früheren Vertrauten nicht. Sie duldet nur Lea, die Tursin, um sich. Als Nabor auf dem Führerschiff ankommt, gehen die Segel hoch, sie blähen sich im Wind, die Schiffe stechen in See.

In einem Triumphzug ohnegleichen fährt der Lukomane durch Mayagard. Auf seinem Arm hält er den Knaben Guweil, der sich scheu und ängstlich an den Vater drückt. Beispielloser Jubel umbrandet den Herrscher. Nabor befiehlt, zum Tempel zu fahren. Tiefbewegt von Amatur empfangen, dankt er Elohim für seine sichtbare Gnade. Dann übergibt er seinen Sohn dem Priester. „In Elohims Halle, unter Deinem Schutz und Deiner Führung wachse er auf, damit sein Herz gläubig werde und er ein lichtes Werkzeug des Allmächtigen." „Es ist ein Königssohn, bedenke es, Nabor", entgegnete Amatur. „Fremden Volkes falscher Kult streifte sein junges Gemüt. Fremd ist ihm Elohim und das Licht. Senke in sein Herz den Samen des Glaubens und der Liebe, niemand vermag das besser zu tun, als meines Herzens einziger Freund", bittend sagt es der Lukomane und fügt hinzu, „ruft Guweil nach der Mutter, so lasse sie holen, doch lasse sie nie mit ihm allein."

* * *

In dem großen Haus, daß einst Wea als Gastheim diente, lebt Maya, einsam und von allen gemieden. Auf Befehl des Lukomanen ist das Haus mit erlesener Pracht ausgestattet worden, auch steht ihr sonst alles zu Gebote, dessen sie bedarf. Nur der Zutritt in den Lukomanen- und Säulenpalast ist ihr verwehrt. Mit schmerzlicher Klarheit kommt es ihr zu Bewußtsein, daß sie eine Fremde geworden und als solche angesehen und behandelt wird. Die unsichtbare Mauer, die sie damals wähnte und die sie sprengen wollte, ist nunmehr Wirklichkeit geworden. Ihre einzige Vertraute ist Lea. Das Tursenmädchen hält die Verbindung mit den gefangenen Tursen aufrecht, die außerhalb Mayagards untergebracht sind.

Oft treibt die Sehnsucht Maya zu ihrem Kind. Gleichmäßig freundlich empfängt sie Amatur und bringt ihr den Knaben. Allmählich merkt Maya eine Veränderung im Verhalten des Kindes, lief es ihr die erste Zeit freudig entgegen, so löst es sich jetzt nur noch zögernd von der Hand Amaturs. Diese Erkenntnis ist die bitterste für Maya. Tagelang verläßt sie ihr Gemach nicht. Sie antwortet nicht auf Leas besorgte Fragen, kaum daß sie die Speisen berührt, die ihr das Tursenmädchen bringt. Lea weiß bald keinen Rat mehr. Sie läßt Mamya holen. Mühsam macht sie ihm mit ihren geringen atlantischen Sprachkenntnissen klar, daß die Herrin krank sei und sich ihr Sinn umdüstere. „Ich werde nach ihr sehen", sagt der Palastherr. Gemeinsam mit der Tursin betritt er das Gemach Mayas. Erstaunt fragt sie nach seinem Begehr.

„Verzeih, Herrin, ich vernahm", auf Lea weisend, „Du seiest krank und brauchtest Hilfe."

„Krank? Nein, krank bin ich nicht, Mamya. Es sei denn, daß mein Herz verhärtet zu Stein. Um mich davor zu bewahren, will ich den Fremden dienen als Priesterin der Sonne. Künde dem Lukomanen meinen Entschluß. Nichts hält mich hier mehr, auch mein Kind habt ihr mir entfremdet. Noch heute verlasse ich dieses Haus, in dem ich eine Fremde bin. Ich gehe zu den Tursen, ihr Los mit ihnen zu teilen."

Still geht der Palastherr, ein ernstes Sinnen bemächtigt sich seiner. Verloren sind Macht und Glanz, verwehen wird die Spur der stolzen Königin und niemand wird nach ihr schauen, wenn sie von dannen geht.

* * *

Gleichmütig hört Nabor Mamyas Bericht. „Gebet ihr alles, wonach sie verlangt und lasset sie in Frieden ziehen", ist seine Antwort.

Er ist erfüllt von anderen Dingen, die ihm wichtiger dünken, als das Geschick der Frau, die ihn verließ und von der er sich losgerungen. Sein Plan, dem Tursenreich atlantische Kultur zu geben, wird mit allen Mitteln gefördert. Fast täglich verlassen Schiffe Mayagard, mit Bauern und Handwerkern an Bord, die auf der anderen Seite des Meeres, die Lehrmeister der Tursen werden sollen. Auf kleineren, seefesten Schiffen fahren Boten hin und her. Sie künden dem Statthalter die Wünsche des Lukomanen und bringen Premenios Berichte und Vorschläge.

Nabor hat strenge Anweisung gegeben, den Sonnenkult der Tursen unbehelligt zu lassen. Er empfiehlt Premenio die Freundschaft des Hohepriesters Sandor zu erlangen und zu pflegen. „Lasse ihnen den Glauben ihrer Väter, gewinne ihre Herzen, so werden sich ihre Seelen Dir öffnen. Halte Deine Mannen in guter Zucht, daß sie ein Beispiel denen sind, die zu führen sie berufen. Dulde keinen Widerstand, doch schone das Leben der Menschen. Schwer ist die Bürde, die ich Dir auferlegte, doch groß die Macht in Deinen Händen. Gebrauche sie mit vorsichtigem Sinn. Bedenke stets, nur eine milde Hand gleicht aus und bindet Widerstrebendes. An der Küste, auf hohem Fels, errichte einen Tempel, zum Dank und zum Preise Elohims."

Botschaften werden zu seinem Vater und Cerbio gesandt. Der alte Lukomane Ebor bittet in seiner Antwort den Sohn mit Guweil zu ihm zu kommen. Lehuana, die Mutter, sei zu alt und matt, die lange Reise ins Mayareich zu unternehmen, es sei aber ihr Herzenswunsch, Sohn und Enkelkind in die Arme zu schließen. Die Mutter, denkt Nabor, fast vergaß ich ihrer, verstrickt in meines Geschickes Wirrsal.

Der Lukomane befiehlt sofortigen Aufbruch. Seiner beredten Bitte folgend, begleitet Amatur den königlichen Knaben Gu-

144

weil. Frohe und glückliche Tage in Bayagards Mauern folgen. Lehuana und Ebor umgeben Nabor mit liebevoller Sorgfalt. Klein-Guweil erobert sich schnell die Herzen der Großeltern und des Onkels Sebor. Jeder verwöhnt den kleinen munteren Knaben.

Nabor lebt auf. All das Schwere und Lastende, das sein Gesicht so schmal und ernst werden ließ, ist von ihm abgefallen. Er sitzt auf dem Ruhebett bei seiner Mutter. Hand in Hand sitzen sie beieinander, keine Worte stören den inneren Zusammenklang. Lehuanas Ahnung hatte sich bestätigt und ihr Mutterherz mit dem Sohn gelitten. Innige Gebete für den Sohn waren aufgestiegen zum Gott des Lichtes und der Liebe, sie waren erhört worden. Elohim erhielt ihr den Sohn und gab ihr einen Enkel, der ihr altes Herz sich in überströmender Zärtlichkeit ergießen läßt.

Zu aller Freude trifft überraschend Cerbio mit seiner Mutter Hethara ein. Die beiden Königinnen verbindet alte Freundschaft. Hethara ist sehr gealtert, ihr Haar ist schlohweiß geworden, denn insgeheim verzehrt sie der Kummer um den Gatten, den sie in der Verbannung in den unwirtlichen Bergen des Nordens weiß, und von dem sie keine Kunde mehr erreichte.

Cerbio ist sprudelndes Leben. Sein leichtbeschwingtes Naturell reißt auch Nabor hin. Der junge Lukomane des Wayareiches ist begeistert von den Plänen des Freundes und bittet, das Tursenreich besuchen zu können. Der Bitte wird sogleich Gewährung. Cerbios bedenkenlose Zustimmung läßt Nabors Herz höher schlagen. Immer kühner und umfassender ersteht Plan auf Plan.

„Atlantis Söhne müssen das Meer überwinden, sie müssen den Dunklen in ihren Landen Wegweiser sein zu einem besseren Leben und lichterer Erkenntnis." Voller Inbrunst sagt es Nabor, fast ehrfurchtsvoll ist Cerbios Widerhall: „Du bist erkoren vor allen Königen und dem Volk. Sprich zu ihnen in Bayagard, sie werden Dich hören und Dir folgen."

Gemeinsam begeben sich die drei Lukomanen auf die Reise nach Bayagard. Mit ihnen ist Amatur. Klein-Guweil wird der Obhut der Großmutter anvertraut, auch Hethara bleibt als Gast bei Lehuana.

* * *

In der Halle des Lukomanenpalastes in Bayagard herrscht großer Jubel. Die Freude über Nabors Sieg ist allgemein. In den jungen Lukomanen weckt er gleichen Tatendrang und die älteren sind froh, daß die Gefahr abgewandt ist. Jedoch schütteln sie bedenklich die Köpfe, als Nabor dem Rat seine weitreichenden Pläne unterbreitet. Ein lebhaftes Für und Wider klingt auf. Jung und Alt ficht gegeneinander, die einen mit stürmischem Elan, die anderen bedachtsam, mit mahnenden Worten. Beredt versucht Nabor alle Einwände zu entkräften, doch vergebens. Gleiche Zahl weisen die goldenen und silbernen Kugeln, die zur Abstimmung benutzt werden. Nach atlantischem Gesetz muß der Loki entscheiden, wenn eine Mehrheit nicht erzielt wird.

Nabor ist enttäuscht, doch Cerbio muntert ihn auf: „Sei guten Mutes, der Loki kann sich unseren Gründen nicht entziehen, wir Jungen stehen zu Dir." Er macht ein feierliches Gesicht, daß Nabor unwillkürlich lächeln muß.

In der Königshalle des Tempels steht der Priesterkönig inmitten der Lukomanen. Wie immer segnet er die Einzelnen, dann wendet er sich zum Herrscher des Mayareiches.

„Sprich, Nabor, was ist Dein Begehr?"

Zuerst stockend, dann immer lebhafter, berichtet Nabor von seiner Fahrt ins Tursenland. Eindrucksvoll schildert er der Tursen hartes Dasein, ihres Glaubens Kult, ihre Sitten, die des

Menschen Leben nicht achten.

Ruhig hört ihm der Loki zu.

Bestärkt durch diese Haltung, fährt Nabor mit erhobener Stimme fort: „Ist es nicht Pflicht der Söhne Eya-Eyas, die Dunklen teilnehmen zu lassen an unserer Art zu leben, damit ihr Weg leichter wird und sie zu Elohim und seinem lichten Reich geführt werden können?"

Des Priesterkönigs Augen lösen sich vom Lukomanen, ihr Blick wird fern, dann senken sich die Lider.

Spannungsvolle Stille erfüllt den Raum. Minuten vergehen — noch schweigt Huatami. Dann öffnen sich die Augen wieder, der Loki spricht: „Dein guter Wille ehrt Dich, Nabor, doch wisse, noch ist die Stunde nicht gekommen, wo die Kinder Eya-Eyas den Dunklen die Bruderhand reichen können. Zu klein ist der Dunklen Bewußtsein, zu unreif ihre Seelen, als daß sie unseres Wesens Art begreifen könnten."

„Wenn ihnen Weg und Ziel gewiesen wird, werden sie folgen", wendet Nabor ein.

„Vergebens wäre Deine Mühe, sie haben in sich nicht die Sehnsucht nach dem Licht, ihre Sinne sind gebannt vom trügerischen Schein dieses Daseins. Glaube mir, mein Sohn, ich könnte Dir den wahren Grund enthüllen, doch heiliges Gelübde schließt mir den Mund. Ich darf Dir das Geheimnis nicht offenbaren, das nur dem Hohepriester der lichte Gott kund tat. Der hehren Ahnen schweres Geschick sei Warnung Dir und allen, die geblendet durch Deinen unblutigen Sieg, ein Gleiches sich erhoffen.

Nicht um ein Reich zu erobern, schützte Dich lichte Macht und löste die Kraft in Dir. Das Unrecht am Königssproß auszugleichen und ihn zurückzuführen ins Haus der Väter, war Elohims Wille und auch Deines Herzens bewegender Grund. Begnüge Dich, Lukomane, und danke Elohim, daß er Dir den

Sohn beschert. Doch rufe Deine Mannen zurück aus dem Fremden Land, denn sie können die Dunklen nicht heraufziehen zu sich, Du bringst sie nur in Gefahr und mit ihnen Eya-Eyas Glück."

Nabor erbleicht, er soll sein eigenes Werk zerstören.

Erregt begehrt er auf: „Es kann nicht der Wille Elohims sein, daß Menschenbrüder wie wildes Getier leben. Des lichten Gottes Liebe umfaßt alle Geschöpfe. Wir haben nicht das Recht, ein anderes zu tun. Wohl war es mein Wunsch, den Sohn mir zu erringen, dadurch führte mich mein Weg in jenes Land, wo Krankheit, Not und Tod unwissende Menschenkinder quälen. Ich kann sie nicht den dunklen Mächten lassen, in derem Bann sie furchterfüllt durch ihre Tage gehen. Mein Werk, begonnen aus reinem Herzens Streben, wird der Vollendung zugeführt und bis zum letzten Atemzug werde ich ihm dienen."

„So weigerst Du Dich, Elohims Gesetz zu folgen?"

„Es ist nicht Elohims Gesetz. Wäre es Elohims Wille, die Menschen in ihrer Not zu lassen, wäre er nicht der Gott der Liebe."

„Schweig, Vermessener, frevelnd entweihst Du heilige Stätte", herrscht ihn Huatami an, „brichst Du das Gesetz, fällst Du in Not, wie Dein hochmütiges Weib."

„Mein Weib", wiederholt Nabor, ruhiger werdend, „mein Weib irrte in ihrem dunklen Drange, doch auch ich irrte bis zu dieser Stunde, denn in Dir sah ich den Mittler Elohims."

Drohend tritt der Priesterkönig auf Nabor zu, die Augen glühen in hartem Glanz.

„Dein irrer Wahn zerstört den Frieden Eya-Eyas. Furchtbare Saat säst Du, da Du Dich abwendest von Elohim und mißachtest sein Gesetz. Verflucht seiest Du, Unheilbringer, dem Untergang Atlantis bereitest Du den Weg!"

Totenblaß tritt Nabor einen Schritt zurück, dann faßt er sich und geht dem Ausgang zu. Cerbio und die jungen Lukomanen gesellen sich zu ihm.

„Bleibt, ich muß den Weg gehen, den mir mein Herz befiehlt." „Wir stehen zu Dir, denn wir empfinden wie Du", antwortet Cerbio für die Anderen. Da löst sich auch Ebor von seiner Säule, er neigt sich vor dem Loki. „Meines Sohnes Weg ist auch der meinige." Wie zu Stein erstarrt, steht Huatami. In dem Asketengesicht zuckt es, seine Lippen murmeln: „Hilf mir Elohim, gib ein Zeichen, daß sie sehen deine Macht und erkennen meines Eifers gute Tat."

Kein Zeichen wird sichtbar.

Da weiten sich die Augen Huatamis, als sähen sie eine furchtbare Vision. Das Gesicht verzerrt sich, wie durch schwere innere Qual. Ein Stöhnen wird laut und entringt sich mit dem keuchenden Atem des Lokis Brust. Die Lippen zucken, Worte fallen in den Raum: „ . . . des Machtwahns Gier ergreift sie — sie erobern die Erde — Blut fließt — viel Blut — sie wenden sich ab — sie wenden sich ab von Elohim", in schmerzerfülltem, klagendem Ton schreit es Huatami. Dann stöhnt er wieder: „ . . . das Unheil kommt — die große Flut — viele, viele Menschen schreien und flehen — die Wasser — die Wasser verschlingen sie . . . ."

Huatami wankt, dann stürzt er zusammen, wie ein gefällter Baum. Hart schlägt das Haupt auf die Marmorfliesen. Vor Entsetzen erstarrt, sehen es die zurückgebliebenen Lukomanen. Qualvoll stöhnend, windet sich der Loki: „Erbarmen — Erbarmen — Elohim — Erbarmen".

Mit letzter Kraft sich nochmals aufrichtend, schreit es Huatami, daß es durch die Halle dröhnt: „Erbarmen — Elohim — Erbarmen!" Dann sinkt er zurück. Ein letztes Zucken durchläuft den Körper, gläsern werden die Augen, der schmerzverzerrte Mund erstarrt. Huatami ist abberufen worden.

Erschüttert stehen die Lukomanen.

Priester bemühen sich um den Leichnam und tragen ihn aus der Halle, in der durch Trotz und Eifer das Glück Eya-Eyas zerbrach.

* * *

Still liegt das hohe, weite Gemach. Von den Wänden flutet irisierender Schein und beleuchtet das Ruhebett, auf dem Erik von Lichtenau immer noch schläft. Kaum sind seine Atemzüge wahrnehmbar. Von Zeit zu Zeit huscht ein leichtes Zucken über sein Gesicht und nun werden die Atemzüge tiefer und regelmäßiger. Seine Gestalt streckt sich, ein tiefer Seufzer hebt seine Brust. Wie suchend gleitet seine Hand über das Ruhebett, dann hebt er langsam die Augenlider. Wie schwer sie sind, müde schließt er sie wieder.

Durch seine Gedanken huschen tausend Bilder, die er nicht formen kann. Hier leuchtet ein Gesicht auf, dort leuchtet ein Gesicht auf. Wo hat er sie nur gesehen? In seinem Traum, der so unendlich schön war, bis auf das Letzte. Das Letzte war bitter.

Nun öffnet er wieder die Augen. Seine Blicke wandern in dem prunkvollen Gemach. Ein Lächeln ist in ihm, behaglich streckt er sich. Dann gleitet er in waches Träumen. Bilder steigen auf. Er sieht sich dahinfahren im Viergespann von feurigen Pferden gezogen. Viele, viele Menschen, hochgewachsen, in buntfarbigen Gewändern, winken ihm zu, sie rufen einen Namen, immer wieder rufen sie ihn, Nabor, Nabor. Er winkt ihnen zu — ein großer Rubin funkelt an seiner Hand — — —.

Unwillkürlich macht seine Rechte eine winkende Bewegung, als er ein Funkeln wahrnimmt. Im Moment hellwach, reißt er

150

seine Hand hoch da ist der große Rubin auf breitem, goldenem Ring. Ungläubig betastet die Linke den Ring. Er ist es tatsächlich — der Rubinring. „Den Ring gab mir der Alte", murmelt er versonnen. Was riefen die Menschen? Nabor? Nannte ihn nicht so der Alte. Bestürzt schließt er wieder die Augen — erneut beginnt der Bilder buntes Spiel. Schleier auf Schleier fällt. Rückschauend erlebt er in kurzen Bildern nochmals sein Leben — das Leben des Nabor. Ich war Nabor, der Gedanke hält ihn fest und läßt ihn nicht mehr los.

Wie kann das sein, meldet sich sein kritischer Verstand. Du bist verwirrt in deinen Sinnen. Doch dieser Raum — der Ring, der alte Mann. Es muß so sein, kein Zweifel ist mehr möglich. Ich war in Atlantis. Wie ein wundervoller Traum erscheint ihm sein Erleben, das lückenlos jetzt in sein Bewußtsein rückt. Ich wurde verstoßen, weil ich glaubend irrte, fand nicht mehr zurück in das lichte Reich. Tausende von Jahren mußte ich nun wandern, durch viele Leben, bis mir diese Erkenntnis wurde. Huatami? Da blitzt es in Lichtenau auf. Huatami ist der Alte, sagte es nicht auch Lehuana, seine Mutter. Doch wo ist der Alte? Lichtenau erhebt sich, er verläßt das Gemach und tritt auf den Gang hinaus. Er läuft suchend weiter, gelangt in die Höhle der Bildstatuen der Königspaare, die ihm zuzulächeln scheinen. Immer weiter treibt es ihn — eine fast traumwandlerische Sicherheit ist in ihm. In der Ferne schimmert Licht, er geht darauf zu und vor ihm breitet sich das Trümmerfeld im Sonnenlicht. Ein lauter Schrei dringt zu ihm herauf. Noch etwas geblendet von dem ungewohnten Tageslicht, blickt Lichtenau hinunter, da sieht er Paolo, der einen Freudentanz aufführt. „Senor", schreit der Mestize, „Senor, Ihr lebt?! Oh, die Madonna hat geholfen." Er bekreuzigt sich. Mühsam klettert er an der Wand empor und steht keuchend vor dem Forscher. Er sieht ihn an wie einen Geist. Dann geht

er im Kreis um ihn herum. „Wahrhaftig, Senor, Ihr seid es."
Nachdem sich Paolo etwas beruhigt hat, fragt er: „Wo war der
Senor so lange, ich suchte in dieser verdammten Höhle, fand
aber keine Spur?"
„Ich war in einer versunkenen Welt, Paolo", antwortet Lichte-
nau. Dann fragend: „Wie lange war ich eigentlich fort?"
„Siebenmal sank die Sonne im Westen, Senor."
Lichtenau läßt sich auf einen Felsvorsprung nieder und zieht
Paolo an seine Seite. „Armer Kerl, da hast Du lange warten
müssen." „Ich blieb nicht hier, Senor, nachdem ich vergeb-
lich gesucht, ritt ich zurück in Euer Hotel und forschte in
Euren Sachen. Da fand ich einen mexikanischen Namen,
Juanita y Serestro in Mexiko. Ich telegraphierte an sie, und
erhielt diese Anwort."
Überrascht hört Lichtenau zu, hastig greift er nach dem Telegramm, er liest: „Erwarte uns — stop — wir kommen nach
Meriod — stop — Juanita y Serestro." Juanita? Juanita, das
liebe Mädel. „Das werde ich Dir nicht vergessen, Paolo",
sagt Lichtenau bewegt, er drückt des Mestizen Hand. Da
stutzt er unmerklich, wo sah ich dieses Gesicht, dieser dunklen Augen Glühen. Wea — durchfährt ihn ein Gedanke, Wea
— Paolo — der gleiche. Wea nahm ihm sein Weib. Er hat
viel gutzumachen, sagte es nicht der Alte? Und nahm ein
Fremder nicht Paolo die Geliebte in diesem Leben. Wirkt sich
begangenes Unrecht über die Jahrtausende aus? Gottes Müh-
len mahlen langsam, klingt altes Sprichwort in ihm auf.
Befremdet schaut Paolo, was hat der Senor? Lichtenau faßt
sich. Der Alte — er will nochmals versuchen, ihn zu finden.
„Wir müssen noch einmal in die Höhle, Paolo", sagt er auf-
stehend. „Senor, bei der Madonna, laßt ab davon. Einmal
wurdet Ihr dem Leben zurückgegeben, fordert nicht leichtsin-
nig das Schicksal heraus", beschwört ihn der Mestize.

„Sei ohne Sorge, Paolo, ich kenne jetzt den Weg, und Herrliches werden Deine Augen schauen", beruhigt ihn Lichtenau.

Er geht voran, Paolo folgt ihm zögernd. Lichtenau findet zurück bis zu der Höhle der Bildstatuen, dann biegt er ab und geht den Weg, den der Alte ihn geführt. „Wo ist der große Felsblock?", fragt er halblaut sich selbst. Das Licht der Taschenlampe huscht suchend über die Wand. Er tastet mit den Fingern die feinen Rillen und Spalten der Wand ab. Hier war es doch, wo der Alte den Stein gerückt und den Gang freimachte, der zu dem Gemach führt.

„Laßt ab, Senor, Eure Kräfte würden nicht ausreichen, die Steine zu verrücken", mit spöttischem Unterton sagt es der Mestize. Betroffen hält der Forscher in seinen Bemühungen inne. Täuscht er sich? Zurück geht es in die Höhle der Bildstatuen. Hier traf er auf Huatami. Es quält ihn, daß er den Alten verlor. Ein Hauch streift ihn wie lauer Wind und weckt ihn aus dumpfem Brüten. Es überfällt ihn plötzlich Klarheit. Huatami, der ihn verstieß, hat ihn zurückgeführt zu atlantischer Bewußtseinsweite und seine Schuld gesühnt.

„Huatami — Huatami, ich danke Dir!", laut ruft es Lichtenau. In vielfältigem Echo klingt es leise zurück: „. . . ich danke Dir."

* * *

Vor dem großen Geschäftshaus in einer belebten Straße in Mexiko-City hält ein elegantes Auto. Eine junge Dame verläßt eilig den Wagen und verschwindet durch die Drehtür im Haus. „Ist Senor y Serestro in seinem Büro?", fragt sie den Liftboy, der sie nach oben fährt. Sie erhält eine bejahende Antwort. Kurz grüßend eilt Juanita an dienernden Angestellten vorüber und betritt unangemeldet das Zimmer ihres Vaters. Erstaunt sieht Senor y Serestro, ein beleibter Herr in mittleren

Jahren, auf, doch kommt er garnicht zu Worte. Stürmisch wird er umfangen, ein Kuß knallt auf seine Wange.

„Wir müssen sofort reisen, Pa'. Er ist verunglückt, wir müssen ihm helfen. Wir müssen noch heute nach Merido", sprudelt Juanita aufgeregt hervor.

„Wer ist er?", fragt verdutzt Senor y Serestro.

„Herr von Lichtenau! Aber Pa', Du weißt doch, der junge Forscher, ich erzählte Dir doch von ihm", gibt Juanita in vorwurfsvollem Tone zurück.

Bedenklich schüttelt Senor y Serestro den Kopf: „Es wird nicht möglich sein, Kind, ich habe mehrere Konferenzen in den nächsten Tagen."

Juanita sind die Tränen nahe, verräterisch zuckt es um den Mund. „Wir können ihn nicht hilflos verkommen lassen", fast flehend kommt es heraus.

Das Mädchen ist verliebt, geht es Senor y Senestro durch den Kopf, laut sagt er: „Also gut, Kind, wir reisen." Stürmische Zärtlichkeit ist der Dank. So plötzlich, wie sie gekommen, verschwindet Juanita wieder, um die Reise vorzubereiten.

* * *

In der Hafenstadt trifft Lichtenau auf Vater und Tochter.

„Ich habe Pa' alles erzählt, Herr von Lichtenau, und als wir Paolos Telegramm erhielten, Sie seien vermißt, war er sofort bereit, mich hierher zu begleiten", sagt Juanita. Ihre Augen strahlen, sie ist so froh und glücklich, daß sie den heimlich Geliebten gesund wieder sieht.

Der Pa' räuspert sich, er kennt seine Tochter garnicht wieder. Sie ist ja bis über die Ohren verliebt in diesen blonden Menschen. Voller Herzlichkeit wendet er sich zu Lichtenau: „Ich freue mich wirklich, daß Sie gesund aus der Unterwelt zurückkehrten, Herr von Lichtenau und bitte Sie, wenn es Ihre Pläne erlauben, in unserem Hause in Mexiko unser Gast zu sein."

Lichtenau blickt Juanita an, in ihren Augen liest er die gleiche Bitte. „Ich komme gern, Senor y Serestro", sagt er still.

* * *

Auf dem Sonnendeck des Ozeanriesen liegt ein junges Paar in den Liegestühlen.

„Ich freue mich so sehr, Deine Heimat kennenzulernen", sagt die junge, schöne Frau, der man das Glück ansieht. „Freust Du Dich auch, Erik?", wendet sie sich zu dem hochgewachsenen Mann, der ihr zur Seite in seinem Liegestuhl ausgestreckt liegt.

„Sehr sogar — Maya!"

Verwundert hört es Juanita, dann lacht sie hell auf.

„Er träumt wieder, der gestrenge Herr Gemahl."

Ihre Blicke tauchen ineinander. Zwei Hände finden sich zu zärtlichem Druck.

Ende

Willigis

Testament eines Eingeweihten

Der 1965 in die geistige Welt zurückgekehrte Mystiker WILLIGIS muß zu jenen Wissenden gezählt werden, deren Aufgabe es nicht war, in die Öffentlichkeit zu treten und bei Lebzeiten eine große Schülergruppe um sich zu scharen. Er gehörte zu jenen Eingeweihten, die in der Verborgenheit wirkten und als Mittler zwischen der Welt des Geistes und dem physischen Plan dienten — und in Zukunft dienen werden.

Nur wenige Geistesfreunde und Bekannte wurden während seiner Erdentage mit dem Werk von WILLIGIS bekannt. Eine weitere Verbreitung sollte späteren Zeiten vorbehalten sein. Deshalb soll dieses Buch auch den Titel "Testament" tragen, weil es jenes Vermächtnis erhält, das WILLIGIS seinen Erdenbrüdern hinterlassen konnte.

Der erste Teil des Buches enthält die Aufzeichnungen eines Dialoges "zwischen den Welten", die Botschaften einer Wesenheit, die sich als "Geist im Geiste", als Dienender unter Dienenden, in die ungezählte Schar jener einreihte, die in den Welten des Lichtes leben. WILLIGIS schrieb alle Botschaften nieder und gab seinen Aufzeichnungen die Überschrift "Die Seele lauscht — es spricht der Geist". Diese Aufzeichnungen werden ungekürzt wiedergegeben, zum einen, weil dies der ausdrückliche Wunsch des Verfassers war und zum anderen, weil nur in der Ganzheit die Reinheit und Tiefe der geistigen Schwingung erhalten bleibt.

Der zweite Teil enthält eine Zusammenstellung aus den zum großen Teil unveröffentlichten Aufzeichnungen von WILLIGIS. In ihnen wird über die Aura; das Leben nach dem Tod; Karma und Gnade; den geistigen Pfad; Engel und Meister; Erleuchtung; das innere Auge und andere wichtige spirituelle Fragen gesprochen. Bei jeder Zeile erspürt der Leser — hier antwortet ein wahrhaft WISSENDER.

In ihrer Klarheit und Reinheit gehören die Schriften von WILLIGIS zu den Juwelen der geistchristlichen Literatur. Als das — "Testament eines Eingeweihten" sollen sie den Weg in die Welt finden.

ISBN 3-922936-01-6
Pb., 104 Seiten

Peter Michel

Der verzauberte Aquamarin

Geschichten aus einer anderen Welt

illustriert von

WIVICA

Wann haben Sie zuletzt mit Ihrer Familie oder mit Freunden an einem ruhigen Abend zusammen gesessen und den Abenteuern aus der geheimnisvollen Welt der Feen und Zwerge gelauscht? Es ist schon lange her? Dann sollten Sie schnellstens einen Märchenabend gestalten.

Wäre es nicht aufregend, mit Chrystalia durch das Zwergenreich zu wandern, um dabei zu erfahren, warum die Zwerge unsichtbar sind?

Möchten Sie nicht mit Silberwind und Silberwolke die wunderschöne Feenburg erkunden?

Wollen Sie das Geheimnis des Hüters der Drachen erforschen?

Wenn Sie all dies und noch mehr interessiert, wenn Sie vom Baum des Lebens und von den verborgenen Schriftrollen der Weisheit im Bergkloster des Himalaya hören wollen — dann suchen Sie den "verzauberten Aquamarin".

Ein Märchenbuch für Kinder und Erwachsene — oder gar mehr als nur ein Märchenbuch ??

Wo Sie den "verzauberten Aquamarin" finden können? Natürlich im

geb. Großformat
zauberhaft illustr.
160 Seiten

Flower A. Newhouse

Das
Weihnachtsmysterium
in geistiger Schau

Ohne Zahl ist die Reihe der Bücher, die schon über Weihnachten verfaßt wurden; aber kaum eines vermag in so einzigartiger Weise den Schleier zu heben, der Zeit und Ewigkeit trennt.

Mit ihrem Buch über das "Weihnachtsmysterium" wird die in Europa noch weitgehend unbekannte amerikanische Mystikerin F. A. Newhouse dem deutschsprachigen Lesepublikum vorgestellt. An ihrer Person erweist sich einmal mehr das geistige Gesetz, daß die wahrhaft Wissenden im Verborgenen wirken.

Seit ihrer Kindheit Bewohnerin zweier Welten, vermochte F. A. Newhouse auch das Weihnachtsfest von zwei Seiten her zu erschauen. Sie enthüllt die einmalige Durchdringung von geistiger und materieller Welt, die sich gerade während der Weihnachtszeit vollzieht. Mit tiefer Weisheit entschlüsselt sie die Symbole des Weihnachtsfestes, wobei selbst scheinbar Alltägliches einen verborgenen Sinn offenbart. So wird der Leser Schritt für Schritt, über die meditative Einstimmung der Adventszeit, dem eigentlichen Mysterium zugeführt.

Weihnachten ist herangekommen - und es wird Licht in der Finsternis. Christus kommt mit den Meistern der Hierarchie aus den göttlichen Sphären herab auf den physischen Plan.

Durch die Augen einer Sehenden erlebt der Leser das einzigartige Geschehen der inneren Reiche — die Weihe - Nacht. Er folgt dem um die Erde ziehenden Christus, begleitet von den Meistern und Eingeweihten der Erdenwelt; erfährt von kosmischen Boten, die in dieser heiligen Nacht die Erdsphäre erlichten und taucht ein in das Meer aus Farben und Tönen, geschaffen von den Scharen der Engel. — Himmel und Erde verbinden sich.

Nach der Lektüre dieses Buches werden sie Weihnachten nicht mehr so feiern können wie früher!

ISBN 3 - 922936 - 02 - 4
Pbk., 80 Seiten